LA DEFENSA DE MADRID

MANUEL CHAVES NOGALES

CAPÍTULO I

EL GENERAL QUE SE QUEDÓ OLVIDADO

SER general de la República en los primeros meses de la guerra civil no es, ni mucho menos, una situación envidiable. Los generales más prestigiosos de España se han sublevado contra esta República antimilitarista que ha respondido a la rebelión lanzando a las masas proletarias al asalto de los cuarteles. El pueblo en armas ha fusilado a los militares que han caído en sus manos y luego se ha puesto a hacer la guerra improvisando el más incongruente ejército del mundo; un ejército en el que las virtudes militares son consideradas como delitos.

Los generales, jefes y oficiales que han permanecido fieles a la República sucumben heroicamente en el vano intento de organizar para la guerra a unas masas revolucionarias que al sentirse impotentes se revuelven furiosas contra ellos al grito de: «¡Hemos sido traicionados; fusilemos a los jefes!». Los militares que no tienen temperamento de mártires desertan uno tras otro. El pueblo en armas no acata más jefes que los suyos y convierte en comandantes y generales a sus agitadores y a los directivos de sus sindicatos. Largo Caballero ha recorrido los frentes de la Sierra disfrazado de caudillo tropical, cubierto con un inverosímil sombrero de alas anchas y armado con un rifle. Las tropas rebeldes arrollan fácilmente a estas masas heroicas e insensatas.

Pero los duros reveses del frente van alumbrando poco a poco un curioso y vergonzante redescubrimiento de las virtudes militares. Los anarquistas han lanzado una consigna paradójica: «¡Disciplinemos la indisciplina!» es su disparatado «slogan». El Partido Comunista es la única fuerza revolucionaria que no tiene que inventar la disciplina, pero contribuye a la catástrofe porque no consiente más disciplina que la suya propia. Con el mismo entusiasmo con que organiza el «Quinto Regimiento» que ha de ser el germen del futuro ejército del pueblo, el comunismo se aplica a destruir los cuadros subsistentes del viejo ejército nacional. Mientras tanto el Gobierno de la República y los militares que se obstinan en serle fieles flotan a la deriva en esta procela sangrienta de la revolución y la guerra civil.

Un general del ejército regular en este trance es un triste personaje, un superviviente, un ser anacrónico que no se sabe aún por qué está allí y por qué está aún vivo si está allí. Cuando en Madrid se encuentra uno con un general se pregunta extrañado: «¿Cómo no se ha ido ya? ¿Cómo no le han matado todavía?». Los militares profesionales al cabo de cuatro meses de guerra civil son pura fauna residual. Todavía hay muchos, sin embargo. ¡Eran tantos los militares que había en España! Agarrados desesperadamente a sus destinos burocráticos contemplan atónitos el caótico espectáculo de la guerra en la que apenas intervienen. Los milicianos no se fían de ellos. Un día se ha pasado al enemigo incluso el general que dirige las operaciones desde el Ministerio de la Guerra; le habían sacado de la cárcel para colocarle ante los planos del Estado Mayor Central y decirle poniéndole una pistola en el costado: «¡Manda!».

Olvidado en uno de los lóbregos y desiertos salones del caserón que fue Capitanía General de Madrid se ha quedado un viejo general que se obstina en seguir siendo leal a la República. Pocos le conocen y nadie se acuerda de él. No es hombre brillante ni tiene historia política, cosa extraordinaria en un general español. Es, sencillamente, un hombre que ha cumplido siempre con su deber y que por seguir cumpliéndolo se ha quedado en su sitio. Este general olvidado es nada menos que el comandante general de Madrid y general en jefe de la división del ejército que tiene encomendada la defensa del casco de la ciudad.

El pueblo lucha ya en los arrabales de Madrid, hasta donde han avanzado los rebeldes la punta de acero de su vanguardia de tropas marroquíes y legionarias. Pero el pueblo hace la guerra sin contar para nada con los generales que le han sido fieles.

El Excelentísimo señor don José Miaja y Menant, sentado en su sillón dorado de capitán general, preside impotente el desastre esperando resignadamente el desenlace fatal. Espera solo que los milicianos derrotados le asesinen para vengarse de la derrota que invariablemente atribuyen a la traición de sus jefes militares o bien que los generales sublevados se apoderen al fin de Madrid y le fusilen por no haberles secundado en su rebeldía.

Esta es la situación del general Miaja el día seis de noviembre de 1936.

«CUMPLIRÉ CON MI DEBER»

SON las tres de la tarde. Largo Caballero, Jefe del Gobierno y Ministro de la Guerra, llama a su despacho al general Miaja y le pregunta:

—¿Qué ocurriría si el Gobierno abandonase Madrid?

El general Miaja frunce el ceño y contesta:

—El Gobierno debió marcharse antes, cuando todavía era oportuno. Sigo creyendo que no debe permanecer en Madrid, pero no sé cuáles serán ahora las consecuencias de un traslado que tiene todos los caracteres de una huida.

En el rostro de Largo Caballero y sobre todo en sus ojos atónitos se refleja exactamente la angustia del momento. Quiere marcharse, lo tiene ya decidido y anhela solo que para su tranquilidad de conciencia el viejo general le garantice que esta huida del Gobierno cuando Madrid está ya bajo el fuego de la artillería rebelde no ha de provocar fatalmente el derrumbamiento de la resistencia y la catástrofe definitiva. El general Miaja, impenetrable, le ofrece solo la garantía de su lealtad personal.

—Sean cuales fueren la decisión del Gobierno y sus consecuencias yo seguiré acatando fielmente las órdenes que se me den y cumpliré con mi deber hasta el último instante.

La brevísima entrevista ha terminado con un silencioso apretón de manos. El Gobierno decidirá por su cuenta y riesgo. Miaja no desertará de su puesto. Pero se niega a descargar al Gobierno de la responsabilidad de su deserción frente al enemigo.

LA HUIDA DEL GOBIERNO

EL viejo general cruza desdeñoso ante los grupos de «iniciados» que se han ido formando en la antecámara ministerial en espera de sus salvoconductos. Son las típicas ratas disponiéndose a abandonar el navío que se hunde.

Desde el despacho de Largo Caballero, el general Miaja se va directamente a las oficinas del Estado Mayor Central, que se hallan en el piso superior del mismo palacio de Buenavista, se acerca al mapa de operaciones y lo contempla ensimismado ¿Qué valor tienen en aquel instante las indicaciones hechas sobre el mapa por el Estado Mayor? ¿Con qué posiciones se cuenta aún y cuáles son a estas horas las fuerzas de que se dispone? El general permanece absorto durante largo rato. Sabe únicamente que en aquel mismo instante hay, en algún sitio, un hombre de buena fe que resiste heroicamente clavado en su parapeto porque no puede creer que los que están en la retaguardia sean capaces de abandonarle.

Viene aprisa la noche cargada de tristes presagios para este viejo general que se inclina preocupado sobre el mapa de operaciones y para ese hombre confiado que está en alguna parte esperando la muerte con serena resolución. El silencio va poco a poco cercándoles. El hombre del parapeto frente al campo desierto y oscuro no escucha más que el latido de su propio corazón. El general ensimismado no advierte que a medida que pasa el tiempo el palacio se ha ido quedando silencioso y vacío.

A las seis de la tarde suenan por última vez los timbres que anuncian habitualmente la entrada y la salida del señor ministro. Largo Caballero, más atónito que nunca, sale del ascensor y se dirige al automóvil que le espera. Le acompañan su hijo, su secretario Aguirre y su ayudante de campo, el teniente coronel Arredondo. Unos paquetes de ropa, unas mantas y unos salvoconductos entregados al chofer delatan la huida. Un periodista que merodea por el cuerpo de guardia se acerca indiscreto al señor Largo Caballero cuando éste va a poner el pie en el estribo.

—¿Alguna novedad, señor Presidente?

—Ninguna.

LAS DOCE HORAS QUE SALVARON A MADRID

SE ha hecho de noche. El viejo general advierte al fin que se ha quedado solo y a oscuras. Sale de las oficinas del Estado Mayor y baja por la amplia escalera de mármol llena de trofeos militares y grandes lienzos que representan gloriosas batallas. Los vastos salones del palacio están poblados solo por los seres dichosos e indiferentes que viven en los tapices de Goya. Al llegar al departamento del Ministro le sale al paso el Subsecretario, general Asensio, que le dice alargándole un sobre cerrado:

—Tengo orden de entregarte esta carta en propia mano.

—¿Qué pasa? —le pregunta Miaja.

—No sé; las cosas van mal… —contesta evasivamente el general Asensio.

Miaja, irritado y orgulloso, no quiere seguir preguntando. Asensio, por su parte, no acierta a salir de aquella situación embarazosa y permanece ante Miaja sin decidirse a marcharse. Coge su gorra y antes de ponérsela le da vueltas nerviosamente entre las manos.

—Mira qué gorra más bonita me he comprado —dice por decir algo.

—¡Para lo que te va a servir! —gruñe Miaja dejándose caer en un butacón. Asensio hace una pirueta y se pone en salvo sin más explicaciones. Unos minutos más tarde estará también camino de Levante.

Miaja queda hundido en el butacón palpando con sus dedos carnosos la carta que le han entregado. En el sobre dice: «Para abrirlo a las seis de la mañana». Tira con rabia la carta sobre su mesa y durante algún tiempo va y viene por la pieza como una fiera enjaulada. Aquello es estúpido. Prohibirle que abra aquella carta antes del día siguiente puede ser criminal. Equivale a condenar a muerte estúpidamente a millares de hombres. Estas doce horas pueden ser inestimables para lo que sea, para resistir o ceder, para entregarse, para organizar la retirada o para morir matando.

Se informa de quiénes quedan en el Ministerio. De los jefes solo el general Pozas, que manda en jefe el Ejército del Centro, está en su despacho. Miaja va a buscarle. El general Pozas se halla efectivamente impasible ante su mesa de trabajo. Es otro general viejo, sordo además y sin nervios.

—¿Te han dejado alguna orden? —le pregunta Miaja.

—Me han dejado una carta que no debo abrir hasta las seis de la mañana.

—A mí me han dejado otra. ¿Tú qué vas a hacer?

—Esperar.

—¡Yo no! Yo abro esta carta ahora mismo. ¡Esperar puede ser un crimen!

Dicho y hecho. Miaja rasga el sobre y se encuentra estupefacto con una carta en la que Largo Caballero ordena al general Pozas que se retire a Tarancón, a ochenta kilómetros de Madrid, para organizar las nuevas líneas republicanas por si la capital no pudiera resistir.

—¡Esta carta no es para mí! —exclama Miaja—. Mi carta debe estar en el sobre de la tuya.

Pozas rasga también el sobre que le han entregado y allí está, efectivamente, la carta para Miaja.

—¡Es inaudito! Tenían tanta prisa y estaban tan aturdidos que han equivocado los sobres.

Miaja lee a saltos las instrucciones del Jefe del Gobierno. «... El Gobierno ha decidido trasladarse de Madrid y encarga a Vuecencia de la defensa de la capital a toda costa... Se constituirá una Junta de Defensa... En el caso de que haya que abandonar Madrid las fuerzas deben replegarse en dirección a Cuenca...».

Después de un momento de meditación, Miaja se sienta en el sillón ministerial y pone las manos sobre la mesa de Largo Caballero, en la que no ha quedado ni un solo papel. Luego oprime un timbre y espera. No acude nadie. Insiste. Nadie. Toca otro timbre, y otro, y otro... Termina oprimiendo frenéticamente todos los timbres a la vez. Nadie,

nadie, nadie…

Los cañonazos rebeldes van cayendo sobre los tejados de Madrid con una cadencia constante.

CAPÍTULO II

LA NOCHE DE PASIÓN DEL GENERAL MIAJA

¿**D**EFENDER Madrid? ¿Cómo? ¿Con qué? El general Miaja no cuenta en aquel momento más que con dos hombres, su ayudante de campo el comandante Pérez Martínez y su secretario particular el suboficial Antonio López, dos hombres fieles que durante muchos meses han de seguirle como la sombra al cuerpo.

Lo primero es averiguar dónde está el frente si es que todavía hay algún frente y saber qué fuerzas quedan para defenderlo. Los datos que tienen en la Subsecretaría y en el Estado Mayor son confusos y contradictorios. Los jefes se han ido y los subalternos no saben nada. Las posiciones marcadas en los mapas no responden ya a la realidad. Durante el día los rebeldes han avanzado y están ya en los arrabales de Madrid. En el Cerro de los Ángeles, a doce kilómetros, han instalado unas baterías con las que están bombardeando la capital. Carabanchel Alto y el barrio de Usera han sido evacuados, pero no se sabe si los rebeldes los han ocupado ya. Probablemente esperan al amanecer para reanudar el avance y llegar hasta el centro de Madrid. Se ha perdido el contacto con el enemigo. La verdad es que nadie sabe nada.

—¡Qué vengan los jefes de las columnas! ¡Todos los jefes aquí antes de una hora!, ordena el general Miaja. Es su primera disposición. Parten los motoristas petardeando la noche tenebrosa en busca de los jefes de las dispersas columnas que se han refugiado en el casco de la población. La gesta de Madrid comienza.

EL GRAN ERROR DEL GENERAL FRANCO

EL rumor de que el Gobierno ha huido y los rebeldes están en los arrabales zigzaguea por las calles oscuras y silenciosas de Madrid. Los primeros que acuden al Ministerio desolados son los personajes influyentes de la República a los que el Gobierno ha dejado abandonados. Su clamorosa indignación puebla los desiertos salones del palacio de Buenavista. El presidente del Tribunal de Garantías Constitucionales, don Álvaro de Albornoz, recorre uno por uno los despachos del Ministerio buscando al Gobierno hasta detrás de los cortinajes. No quiere rendirse a la evidencia de que le han asignado el papel de mártir.

¿Qué va a pasar dentro de unas horas? Un nombre está en todos los labios: Addis–Abeba. El derrumbamiento parece total. Se asegura que algunos ministros han sido detenidos por los milicianos en el control de Vallecas a la salida de la capital. Los anarquistas y sindicalistas han obligado a volverse a los ministros comunistas; unos dicen que han sido fusilados y otros afirman que han conseguido salir a la carretera de Valencia por caminos poco vigilados.

Antes de que amanezca estarán las patrullas de moros y legionarios en la Puerta del Sol. En el Ministerio de la Gobernación el Subsecretario, Wenceslao Carrillo, que se ha quedado en su puesto, hace emplazar una ametralladora en cada uno de los balcones de su despacho, dispuesto a vender cara su vida.

Los millares de partidarios de Franco que están ocultos en Madrid, la famosa Quinta Columna con la que cuenta el general Mola, presiente que ha llegado su hora y la madrugada se puebla de disparos aislados, las palmadas secas de las pistolas provocadoras y el trallazo largo de los máuseres de los milicianos después.

Si Franco hubiese sido efectivamente un gran capitán sus tropas hubieran entrado aquella madrugada en Madrid. Le faltó la intuición genial, la resolución fulminante, la videncia típica del caudillo. Los granaderos de Napoleón hubiesen llegado a la Puerta del Sol antes de que apuntase el día. Franco se contentó con dejar descansar a sus vanguardias en los arrabales y se puso a repartir por Europa invitaciones para asistir a la toma de Madrid. Que era suyo.

Y lo perdió aquella noche.

«¡HOMBRES QUE SEPAN MORIR, ADELANTE!»

MIENTRAS tanto el general Miaja en su despacho intenta desesperadamente rehacer el aparato defensivo de Madrid antes de que amanezca. No se trata de que la organización que había fuese mejor o peor; es que en aquellos momentos no hay ninguna.

Catorce teléfonos suenan constantemente en el despacho contiguo al del ministro pidiendo informes de la situación, reclamando refuerzos, comunicando el abandono de posiciones indispensables para la defensa de Madrid. Los jefes de algunas de las secciones del frente dan cuenta de que están cumplimentando la orden de retirada que han recibido no se sabe de quién.

—¡Retirarse! ¿Pero, adónde? —exclama desesperado Miaja.

En medio de aquel caos —¡oh prodigio de la inercia burocrática!— se acerca al general Miaja el «speaker» de la radio, Augusto, para someter a la aprobación del nuevo jefe el parte de operaciones del día que va a ser radiado. El general Miaja lo lee estupefacto; su redacción es un verdadero prodigio de eufemismos y de paradisíaca serenidad. Miaja lo devuelve asqueado.

—¡Mentiras! ¡Camelos!

Los jefes de las dispersas Columnas van llegando al Ministerio. Entre ellos hay viejos oficiales postergados por la monarquía que se sienten ligados de por vida a la República y que fracasan en el empeño imposible de dar disciplina y cohesión a unas masas de milicianos antimilitaristas que no tienen en ellos ninguna confianza. Otros, son hombres de acción de los partidos revolucionarios, bárbaros caudillos del pueblo, guerrilleros típicamente españoles, dignos descendientes del Empecinado, hombres jóvenes, fuertes, temerarios; pero incapaces de sostener la lucha contra un ejército moderno y bien equipado con tanques y aviación. Desde Extremadura han venido replegándose hasta Madrid sin haber podido oponer al enemigo una verdadera resistencia. Sus columnas de voluntarios entusiastas e indisciplinados se deshacen como la espuma apenas chocan con las vanguardias aguerridas de los marroquíes y del Tercio.

Ahora, ante el general Miaja, estos hombres cuyos rostros demacrados reflejan la impotencia y la desesperación bajan la vista avergonzados, llenos de rencor y de odio por no haber acertado a convertirse en los héroes legendarios que soñaron ser.

El viejo general les habla con palabras tajantes. Por entre las mandíbulas apretadas de Miaja salen las frases crueles como latigazos. A estos hombres rebeldes nadie se había atrevido jamás a hablarles en este tono.

—El Gobierno se ha ido —les dice Miaja—. Madrid está a merced del enemigo. Ha llegado el momento de ser hombres. ¿Me entienden bien? Hay que ser hombre. ¡Machos!

Los jefes de las columnas, en semicírculo, escuchan inmóviles y silenciosos al viejo general que les increpa.

—¡Ser machos! ¡Saber morir! ¡Eso es lo que hace falta! ¡Quiero que los hombres que estén conmigo sepan morir!

Miaja les vuelve la espalda. Hay una pausa interminable. Cada uno de aquellos hombres ha sentido las palabras de Miaja como si recibiese un trallazo en pleno rostro.

—Si hay alguno que no sea capaz de eso, de morir, más le vale decirlo ahora. ¿Hay alguno? —interroga mirándoles a la cara uno por uno.

Nadie responde. Pero se ve brillar en los ojos febriles de todos la decisión heroica de perder la vida antes que retroceder un paso.

«¡RESISTID MIENTRAS LLEGAN LOS REFUERZOS!»

LUEGO, el general Miaja, seguro ya de contar por lo menos con la heroica resolución de aquel puñado de jefes, acomete con ellos la tarea de reorganizar las fuerzas de que dispone. Hasta aquí las tropas han estado divididas en columnas que prácticamente se hallan disueltas por la derrota. En adelante las fuerzas se agruparán por sectores. Para esta nueva organización el general Miaja ha encontrado el hombre más eficaz y mejor preparado que podía desear, el teniente coronel don Vicente Rojo, uno de los tratadistas del arte de la guerra más prestigiosos que tiene España. El general Miaja, que no lo conoce personalmente, pero que ha leído sus libros, le encuentra desempeñando un puesto secundario en el Ministerio y sin vacilar le nombra jefe del Estado Mayor del ejército que defiende Madrid. Acto seguido escoge certeramente los demás miembros y el Estado Mayor queda constituido.

Aún no hace seis horas que el Gobierno se ha marchado y ya está rehecho, aunque rudimentariamente, el aparato defensivo de Madrid. Pero no hay que hacerse muchas ilusiones. No basta con haber improvisado un instrumento de mando. Antes de que alumbre el nuevo día hay que contar con fuerzas capaces de resistir, hacen falta hombres, soldados; y hay que darles fusiles y municiones y colocarles en los sitios estratégicos…

De nada hay. Los hombres con que se cuenta son pocos. La mayoría de los milicianos ha desertado ante la inminencia de la catástrofe. Al llegar a Madrid derrotados, muchos han abandonado los fusiles y se han metido en sus casas. Los que siguen en sus puestos carecen de material de guerra y sobre todo de mandos idóneos.

Los catorce teléfonos del Ministerio siguen sonando apremiantes:

—¡No tenemos municiones! —dicen desde los puestos avanzados de los arrabales de Madrid.

—¡Van enseguida! —se les contesta—. ¡Seguid resistiendo con los cartuchos que tengáis! Dentro de dos horas recibiréis más.

—¡Faltan hombres en este sector! ¡No nos será posible resistir ni una hora! —claman de otro sitio.

—¡Necesitamos refuerzos antes de que amanezca! —piden desde las posiciones que protegen los puentes de Toledo y Segovia y desde la carretera de Andalucía, por donde se

12/100

cree que las tropas enemigas avanzarán sobre Madrid al rayar el día.

—¡Ya han salido los refuerzos que necesitáis! ¡Resistid solo mientras llegan! —se les responde.

Así se va engañando a quienes están condenados a morir antes de que los refuerzos puedan llegar.

«¡VAMOS A HACER DE PARAPETO!»

HACEN falta hombres, combatientes, soldados. La leyenda de que basta con la presión de las grandes masas humanas para que la voluntad del pueblo triunfe arrolladoramente se ha desvanecido en cuatro meses de guerra. La masa inerme que tomó por asalto el cuartel de la Montaña en los primeros momentos de la rebelión merced al mismo fenómeno de sugestión que hizo posible la toma de la Bastilla, ha perdido su eficacia combativa. El alarido de la multitud no tiene ya el poder taumatúrgico de las trompetas de Jericó. Hay que pelear. Hombre contra hombre.

¿Pero dónde están los posibles soldados de la República? El general Miaja va a buscarlos donde únicamente puede hallarlos; en los sindicatos; en el proletariado industrial de Madrid.

Desde hace ya más de una semana los sindicatos han dado la orden de movilización y mantienen día y noche en las fábricas, los talleres, las oficinas y los centros sindicales una guardia de hombres que esperan fumando, discutiendo, oyendo las noticias de la radio y durmiendo por los rincones a que les den un fusil y les lleven al frente. Por un curioso fenómeno de autosugestión estos obreros y empleados humildes, sin ninguna presunción heroica, están íntimamente convencidos de que sabrán luchar e incluso de que serán capaces, cuando llegue el instante, de morir heroicamente. Tienen una fe ciega en sí mismos y en la causa que van a defender. Pero son la gran incógnita de la defensa de Madrid.

Las circunstancias han determinado que la única organización de lucha con que cuenta la República sea ésta; la organización sindical, ajena en absoluto al control del Estado y sometida ciegamente a la tutela de los partidos revolucionarios. La Unión General de Trabajadores, marxista, y la Confederación Nacional del Trabajo, anarcosindicalista, son los organismos que tienen en sus manos la única fuerza combativa de la República. A ellos tiene que recurrir el general Miaja para intentar la defensa de Madrid.

Un delegado suyo, el comandante Marenco, es quien se encarga de ir a los centros sindicales y a las fábricas para recabar los hombres que hace falta llevar inmediatamente a los parapetos si se quiere defender Madrid.

De sindicato en sindicato, el comandante Marenco, un militar que con su voz cascada y entrañable sabe hablar a los obreros, consigue extraer los centenares de hombres que aquella misma madrugada han de oponerse al avance de los rebeldes.

Cuando ya a altas horas de la noche se presenta el comandante Marenco en los centros sindicales, todos, absolutamente todos los obreros que se hallan concentrados se ofrecen para ir a las avanzadas.

—¡No! —les advierte Marenco—. No quiero grandes masas. No sirve para nada que os ofrezcáis todos. Mil hombres, diez mil, huyen fatalmente ante el enemigo cuando les arrastra el pánico de unas docenas de cobardes. Quiero solo los que sean capaces de luchar hasta la muerte. ¡Solo los que estén dispuestos a morir!

La fe de aquellos hombres es tan ciega que hasta para morir reiteran su ofrecimiento en masa y poco después cruzan las calles tenebrosas de Madrid en dirección a los arrabales del Sur y el Oeste unos pelotones de hombres silenciosos y cabizbajos. Van sin armas y sin uniformes, con las manos metidas en los bolsillos de sus ropas de trabajo. Al pasar, uno de ellos es interrogado por alguien que les ve partir en dirección al frente.

—¿Qué? ¿Van ustedes a hacer parapetos?

—No. Vamos a hacer de parapeto nosotros mismos.

El interpelado alza los hombros con tranquila resignación y, junto con la masa borrosa de sus compañeros de taller, se lo traga pronto la noche.

FIN DE JORNADA

NO hay armas ni municiones. No las tenía el Gobierno. No las tiene tampoco el general Miaja. Este sabe, sin embargo, que en Madrid hay escondidos bastantes fusiles y no pocas ametralladoras. En los primeros momentos, cuando el asalto a los cuarteles, se apoderaron de todo el material de guerra que pudieron, los partidos políticos revolucionarios y las centrales sindicales. Los anarquistas han constituido en cada barriada un Ateneo Libertario que es un verdadero arsenal. Anarquistas y comunistas se temen y se odian y quieren estar prevenidos. Hay que recuperar todo ese material de guerra celosamente guardado por quienes desentendiéndose de la lucha contra los militares rebeldes lo han escamoteado para hacer «su» revolución.

El partido comunista, el más fuerte, se pone al lado del viejo general desde el primer momento. O, si se prefiere, el viejo general se echa en brazos de los comunistas. El partido comunista es el único que durante estos cuatro meses de lucha se ha preparado para una guerra larga. Su «quinto regimiento» es la única tropa voluntaria con cohesión y disciplina que hay en Madrid. El general Miaja, apoyándose en esta fuerza comunista, arrastra a las demás fuerzas revolucionarias y las somete a su mando. Es su gran triunfo. Como garantía de su lealtad, el viejo general se prende en el pecho la estrella roja de cinco puntas. Es igual. Miaja no ha sido nunca comunista ni lo será jamás.

Suenan las cinco de la madrugada. Han pasado doce horas. El general Miaja suspende su trabajo y recapacita un momento. En una cuartilla tiene ante sus ojos un esquema de lo que ha conseguido en estas horas febriles. La unidad de mando, el acatamiento de los partidos revolucionarios anarquistas y comunistas, un Estado Mayor idóneo, unas docenas de jefes que no retrocederán, unos centenares de fusiles y ametralladoras y un millar de hombres que acaso no sepan combatir, pero que están dispuestos a hacerse matar.

Madrid puede perderse. Es lo más probable. Pero no está perdido como lo estaría irremisiblemente si el nuevo día hubiese encontrado al general Miaja vacilante todavía ante la incógnita de aquella carta del Jefe del Gobierno que no debía haber abierto hasta las seis de la mañana.

Durante tres horas, desde las cinco hasta las ocho, el general va a descansar, a cobrar fuerzas para la jornada terrible que comienza. Al tenderse en el lecho una aguda inquietud le asalta. Allá lejos, en tierras de África, su esposa ha quedado prisionera del enemigo. ¿Qué va a ser de ella ahora?

La férrea voluntad del jefe se impone una vez más y unos minutos después el general Miaja duerme profunda y sosegadamente…

CAPÍTULO III

GUERRA Y REVOLUCIÓN

AMANECE el día frío y gris. Los pelotones de obreros y empleados reclutados en los sindicatos marchan silenciosos a las avanzadas. Los comisarios de guerra, agitadores comunistas casi todos, los arrastran con desesperadas y patéticas arengas. La vida está perdida de antemano. Los rebeldes, si entran en Madrid, les fusilarán irremisiblemente. Vale más morir luchando. Con esta convicción, se lanzan incesantemente a desafiar al enemigo aquellos hombres que jamás han combatido.

¿Pero dónde está el enemigo? Se sabe únicamente que las avanzadas leales están en las inmediaciones de Carabanchel Bajo, atrincheradas en unas casas próximas al término municipal de Madrid. Los pelotones de voluntarios, cada uno al mando de un oficial, se han ido concentrando en el interior de varias casas de la carretera de Carabanchel; allí se les han dado fusiles y municiones. Como las armas escasean, hay un pelotón de muchachos pertenecientes a las juventudes revolucionarias, entre quienes se han distribuido unos viejos fusiles italianos, largos como espingardas y perfectamente inútiles. Sirven solo para hacer ruido, pero se trata de dar ante todo el enemigo, la sensación de que Madrid está defendido por masas ingentes de luchadores. Uno de aquellos muchachos coge por burla el inútil fusil como si fuese una guitarra y tarareando un paso doble marcha a la cabeza de su pelotón en busca del enemigo. Los demás le imitan y aquel bizarro grupo avanza por la carretera a pecho descubierto como si fuese una alegre rondalla.

Desde unas casas que están al borde de la carretera parten los primeros disparos del enemigo. Se hace un silencio súbito que corta en seco la aturdida mascarada. Es un silencio tan denso, tan inverosímil, que en un instante, el grupo y el paisaje entero toman una extraña calidad espectral. El pelotón se disgrega y deja libre el centro de la calle en el que retumba un morterazo seguido de las rociadas de balas de una ametralladora. Todavía intentan algunos seguir cantando. El himno de guerra de la juventud revolucionaria brota en las gargantas de los que creen aún que la guerra y la revolución se hacen cantando según las estampas románticas. Un balazo en el pecho dobla lentamente hacia el suelo a uno de los bravos muchachos. Los demás se refugian en unas casas evacuadas, se parapetan en sus ventanas y comienzan a disparar furiosamente sin saber adonde. El fuego, de una parte y de otra, se intensifica. El enemigo toma seriamente la iniciativa del ataque y suponiendo que la carretera está fuertemente defendida va corriéndose por su ala izquierda hacia el Noroeste. Llega la noticia de que simultáneamente los rebeldes atacan por las carreteras de Andalucía y Extremadura para ganar los puentes sobre el Manzanares y entrar hoy mismo en las calles de Madrid. Al concretarse el ataque enemigo, las fuerzas veteranas de milicianos que vienen practicando sistemáticamente esta táctica absurda de retirada «a tiempo», inician una vez más el repliegue. Algunos saltan de sus parapetos y echan a correr hacia el interior de Madrid. El arte de la guerra para estos milicianos consiste exclusivamente en aguantar en sus posiciones hostilizando al enemigo mientras éste no ataca con decisión. Combatir de verdad no saben y el instinto les dicta esta disparatada estrategia.

Pero con ellos están hoy unos hombres nuevos que no saben nada de la guerra convencional que se ha venido haciendo, que están resignados a morir y que se imaginan el combate a la manera de los héroes clásicos. Estos hombres se quedan en su puesto.

Por inverosímil que parezca surge incluso la heroína popular al modo clásico. Una pobre muchacha, una humilde costurera que se había quedado obstinadamente en su casa sale a la calle, al sentir el estruendo de la lucha e inflamada de heroísmo grita a los milicianos:

—¡Adelante, camaradas! ¡Adelante!

Aquella figurilla menuda de la costurera Teresa plantada en medio de la calle que barren las ametralladoras, sugestiona a los milicianos y les deja clavados en sus parapetos. La vocecilla exasperada de la costurera llega hasta el corazón de los voluntarios, que por primera vez aguantan a pie firme la embestida del enemigo.

—¡Ánimo, camaradas! —grita—. ¡Viva la República! ¡Viva la Revolución! ¡Viva la Libertad! Adelante, adelante.

El plomo que la ha de matar no se hace esperar mucho. Tumbada de un balazo queda en el centro mismo de la calle desierta. Aquel montoncito de ropa negra, aquel bulto pequeño y sin forma que hace el cuerpo de la costurera Teresa, es el punto que marca el límite máximo de los avances rebeldes sobre Madrid.

«YO NO DARÉ NUNCA LA ORDEN DE RETROCEDER»

LOS milicianos se repliegan en las carreteras de Andalucía y Extremadura. Faltan hombres, armas y municiones. Desde su despacho del Ministerio de la Guerra el general Miaja, que solo ha dormido tres horas, aprieta los resortes a los sindicatos y a los partidos de izquierda para extraer hombres y armas que enviar a las avanzadas. En realidad los defensores de Madrid son pocos, poquísimos. El pánico ha cundido al divulgarse la noticia de que el Gobierno se ha fugado y centenares de directivos de los partidos políticos y responsables sindicales, huyen hacia Valencia burlando todos los controles.

A media mañana se ha conseguido reunir a unos cuatro mil fusiles que estaban en las estaciones, en los centros revolucionarios. Con estas armas, que los camiones van descargando a la puerta del Ministerio de la Guerra, puede el general Miaja armar a los pelotones de voluntarios que forman los sindicatos. Pero no basta. El general Miaja vuelca sobre el frente todo cuanto puede sin hacerse muchas ilusiones.

—¡Si no entran en Madrid, será un milagro! —exclama el viejo general que aunque no cree en milagros, se queda en su puesto esperando a que se produzca el que ha de salvar Madrid.

Si Madrid resiste durante tres días, solo tres días, llegarán refuerzos de Levante suficientes para batir a los rebeldes. Así lo ha prometido el Gobierno. ¿Será posible resistir esos tres días? ¿Llegarán a tiempo esos refuerzos?

Cada hora que pasa es una batalla ganada. Miaja infatigable, da órdenes, promete todo lo que hay que prometer, amenaza, halaga, aconseja, resuelve… Reúne a los comisarios de guerra, les da cuenta de la comunicación que le ha dejado el gobierno disponiendo que se forme una junta de defensa y como no está dispuesto a perder el tiempo con preocupaciones políticas, deja a los comisarios discutiendo y se encierra en su despacho para seguir consagrado a su única obsesión: el frente. Cuando algún tiempo después vuelve a ver si los Comisarios se han puesto al fin de acuerdo sobre quiénes han de designar a los miembros de la junta y la proporcionalidad que en ella tendrán los partidos, se encuentra el general Miaja con que los comisarios de guerra se han marchado. Algunos, para siempre. La cosa no le preocupa lo más mínimo. La Junta de Defensa le trae sin cuidado. Lo único que le interesa es el frente; que los rebeldes no pasen el Manzanares. La política, para el general, se reduce a dictar un bando imponiendo graves sanciones a quienes no cumplan con su deber en estas horas críticas.

Los oficiales de enlace traen de las avanzadas noticias desastrosas. Las tropas marroquíes siguen ejerciendo una gran presión por las carreteras del Sur y el Oeste. Desde el Puente de Andalucía comunican que no pueden resistir más.

El general Miaja se pone al habla por teléfono con el jefe de las fuerzas allí situadas.

—Los tanques enemigos —dice el oficial— están en las inmediaciones del puente y no podemos contenerlos. Somos solo ciento cincuenta hombres los que estamos aquí.

—¡Resistid! ¡Un último esfuerzo para salvar Madrid! Hay que morir antes que dejar paso al enemigo.

Los interlocutores permanecen un momento silenciosos. Miaja oye luego la voz cortante del oficial que da por terminada la conferencia diciendo:

—¡El puente de Andalucía será de la República!

Los milicianos colocan un automóvil atravesado en el puente y con bombas de mano atacan furiosamente a los tanques enemigos que se ven obligados a retroceder.

A media tarde, llega otra vez al Ministerio la noticia de que en diversos puntos del frente las avanzadas flaquean ante el empuje desesperado de los rebeldes y se están cumpliendo las órdenes del mando para la retirada. El general Miaja, fuera de sí, lanza su consigna que los oficiales de enlace difunden por el frente.

—¡Yo no daré nunca la orden de retroceder! ¡Quién tal cosa ordene, debe ser considerado como traidor y fusilado!

INVENCIÓN DE LA AUTORIDAD

HUNDIDO en su sillón presidencial, el general Miaja escucha silencioso el debate interminable en que se han enzarzado los representantes designados por los partidos para la constitución de la Junta de Defensa. De cuando en cuando echa una ojeada nerviosa al reloj. Son las siete de la tarde. ¿Hasta cuándo seguirán discutiendo? Los republicanos quieren que en la Junta haya una representación proporcional al número de ministros que tenía cada partido. Los comunistas quieren hábilmente asegurarse el control de la Junta. Los anarquistas atacan a los comunistas.

«¿Para qué servirá todo esto?», se pregunta Miaja recostado en su sillón. «Si dentro de dos horas llegan los moros a Madrid, ¿de qué nos van a valer estas discusiones?». Una sorda irritación va ganándole por momentos. «¿Qué estará pasando ahora en el frente?», es su única preocupación mientras escucha enfurruñado los discursos doctrinarios de los delegados.

Se ha llegado, por fin, al acuerdo de que los partidos estén representados en la Junta por un titular y un suplente. Prácticamente los comunistas dominan. Pero es inevitable. Son los que están mejor organizados para la guerra.

Salvado momentáneamente el escollo de la lucha política, el general Miaja toma la palabra e informa a la Junta de la verdadera situación que es desastrosa. Solo un esfuerzo gigantesco de todos puede salvar Madrid.

—¡Yo lo exijo! —dice Miaja con voz firme.

En la Junta hay unos muchachos de las juventudes revolucionarias que escuchan un poco desconcertados las palabras sin réplica del general. La cosa es inusitada para ellos. Un general, hasta ahora no ha podido levantar la voz en una asamblea deliberante típicamente revolucionaria, como lo es aquélla. Por primera vez la voz al Mando se ha dejado sentir clara y distinta. Los jóvenes revolucionarios y los viejos agitadores la escuchan con extrañeza, pero sin recelo y [con] una sensación nueva de autoridad. Por primera vez sienten una tranquilizadora fe en el hombre que lleva el timón.

CAPÍTULO IV

MADRID SE SALVÓ POR UN PAPEL

LOS madrileños se han puesto a levantar barricadas. Cada uno hace la suya a su gusto y según su concepto particular de la estrategia. Los vecinos de cada calle tienen a orgullo que su barricada sea la mejor de todo el barrio. Como cada cual concibe la guerra como un asunto privado y todos creen que la gran batalla para el aniquilamiento del fascismo internacional tendrá lugar a la puerta de su casa, se prescinde alegremente de toda consideración general y las barricadas cortan arbitrariamente la circulación, impidiendo el paso de camiones y retardando los movimientos de tropa y los suministros.

Hombres, mujeres y niños trabajan febrilmente levantando el adoquinado y llenando con tierra los sacos de que disponen; cuando se les acaban los sacos llenan de tierra unas bolsas de papel que han improvisado, los bidones usados, los tiestos, los pucheros, todo cuanto tienen a mano. Durante todo el día los madrileños se entregan frenéticamente a esta tarea, con una tenacidad y un apresuramiento de hormigas. Los aviadores enemigos, que observan constantemente, deben tener la sensación de que Madrid es un hormiguero súbita y colectivamente enloquecido.

Las órdenes del mando no se cumplen porque falta todavía el enlace entre la autoridad recién instalada y el pueblo rebelde. Se carece de organización y sobran, en cambio, iniciativas particulares. ¿Qué hace esa Junta de Defensa?, pregunta despectivamente en un manifiesto el comité de Casas de Vecinos. Más que de las órdenes del Mando, el pueblo se fía de los consejos de sus innumerables comités, que lanzan las más inverosímiles instrucciones para la guerra. Se aconseja al vecindario que prepare botellas con líquidos inflamables para lanzarlas desde las ventanas y balcones. Se organiza la resistencia desde los pisos entresuelos, asegurando que un tanque, en una calle, es inofensivo para quienes estén en alto. Desde las ventanas se puede destrozar a la caballería. Hay que hacer hoyos en las calles, para que los tanques caigan en ellos. Las ventanas, sobre todo, son el gran elemento de esta rudimentaria estrategia; desde una ventana —dicen textualmente las instrucciones— «se puede arrojar sobre el invasor todo lo que se quiera».

En cambio, faltan hombres y elementos para levantar racionalmente las fortificaciones de Madrid. El general Miaja que, como comandante militar de Madrid, tenía trazado un plan de defensa que no pudo ser llevado a cabo mientras hubo gobierno, encomienda ahora los trabajos de fortificación al coronel Ardid.

Secundado por unos cuatro mil obreros del ramo de la construcción y por unas docenas de arquitectos, maestros de obras y aparejadores que sustituyen a los oficiales de ingenieros que han desertado, el coronel Ardid acomete la obra de fortificar Madrid. Se construyen unos parapetos racionales en las vías auténticamente amenazadas y se convierten en verdaderos reductos fortificados algunos edificios con positivo valor estratégico. Asegurada así en veinticuatro horas la defensa interior de Madrid, el coronel Ardid comienza en las afueras el verdadero sistema de fortificaciones que meses después ha de ser considerado por los técnicos extranjeros como perfecto en su género.

Pero no hay hombres bastantes. Al lado de los voluntarios que van a cavar trincheras y de los que se baten en ellas, siguen haciendo su vida normal muchos miles de ciudadanos que consideran todo aquello como un caso de locura colectiva y se mantienen al margen de los acontecimientos, procurando no significarse en nada que pueda hacerles víctimas de la represión si Franco consigue entrar en Madrid. Se someten dócilmente a las incomodidades y peligros de la guerra, siguen ejerciendo puntualmente sus funciones y toda su preocupación es hurtar el bulto y buscar qué comer. Los exaltados les acosan y les increpan, llamándolos fascistas. Pero no es verdad que lo sean. Ellos, los indiferentes, los inconmovibles, los que se limitan a estar en su puesto y a cumplir con su deber estrictamente, son los que han hecho posible el milagro de que la vida ciudadana continúe indefinidamente con un ritmo casi normal en medio del caos de la guerra. ¡Qué difícil es paralizar la vida de una gran ciudad! ¡Qué inercia formidable tiene el mecanismo de la urbe moderna! Las cartas llegan a su destino, los cines y los teatros funcionan, se despachan los expedientes de viejos pleitos, se cuidan los jardines y circulan los tranvías. Se da el caso, único en el mundo, de que los milicianos de Madrid van a hacer la guerra en tranvía cuya parada es el frente mismo.

Todo el mundo sigue en su puesto. Lo que no hay es hombres bastantes para trabajar en las fortificaciones. Con los cuatro mil obreros de la construcción no basta. En un momento de peligro, el coronel Ardid dispone que doscientos hombres vayan a cavar trincheras en un lugar por donde se teme una acometida inmediata. No hay los doscientos hombres. Los improvisados oficiales de ingenieros salen del ministerio de la Guerra con los camiones vacíos. No llevan en ellos más que los picos, palas y azadones necesarios para la obra. Cada camión se coloca ante una boca del Metro, los oficiales al pie con la pistola en la mano. Llega un tren y van saliendo incautamente los viajeros, a los que, sin explicaciones, se obliga, de grado o por fuerza a subir al camión. Claman al cielo las protestas:

—¡Yo soy empleado de…!

—Al camión.

—¡Yo soy afiliado al…!

—Al camión.

—¡Yo soy hijo de…!

—Al camión.

—¡Yo soy antifascista!

—Antifascistas son los que hacen falta. ¡Al camión!

Parten los camiones con sus doscientos hombres aterrorizados y llegan hasta las avanzadas.

—Dadles coñac y a trabajar de firme. Mientras más pronto terminen más pronto volverán a sus casas.

Bajo el fuego de la artillería enemiga, aquellos pobres hombres cavan trincheras desesperadamente.

Llega otro camión con una docena de muchachos bien vestidos.

—Estos estaban jugando al póquer. Los manda el general Miaja personalmente, para que se distraigan cavando.

Merced a estos procedimientos expeditivos, se reclutan los hombres que han de ir levantando la inexpugnable línea de fortificaciones. El terror que estas medidas producen ocasiona un movimiento de contracción en la masa neutral. La siniestra fama de las cuadrillas de asesinos que en los primeros tiempos se impusieron por el terror, hace que las familias de los que son llevados a viva fuerza a trabajar en las fortificaciones, pasen horas horribles de angustia, que solo se disipa cuando, al anochecer, ven volver a su deudo, aspeado, molido, lleno de terror y con las manos destrozadas. Pero aquellos hombres han visto el frente y han sufrido el fuego de la artillería y los aviones; esto les basta para sentirse felices y solidarizados con los luchadores, cuando, al volver a sus hogares, piensan que allí, en aquellas trincheras, quedan muchos miles de hombres que han de afrontar la muerte hundidos en el barro. Es la guerra…

LOS CAZADORES DE TANQUES

LA segunda jornada de la defensa de Madrid ha sido durísima. La presión del enemigo se acentúa y caen hombres a docenas bajo el fuego de la artillería enemiga, que bate eficazmente las trincheras y desmonta sistemáticamente las piezas que pone en línea la República. Hay solo un hecho satisfactorio. Desde hace treinta y seis horas se lucha en el mismo sitio. Por primera vez no se ha retrocedido.

Los milicianos de Madrid resisten; aquellos hombres que horas antes no conocían el manejo del fusil, tienen ahora el cuerpo dolorido de tantos disparos como han hecho. Ateridos de frío, rendidos por la fatiga y la tensión de nervios, siguen resistiendo. Las columnas enemigas, al chocar con esta resistencia, se corren hacia su izquierda y sus tanques van abriéndoles un camino hacia la Casa de Campo.

El enemigo más terrible es el tanque. Frente al tanque el miliciano se siente impotente e indefenso. Pero en uno de estos sectores del Oeste ha surgido un hombre providencial, un héroe que pronto tendrá el rango de los hombres legendarios: Antonio Coll.

Antonio Coll era marinero   y estaba prestando servicio en el ministerio de Marina. Destacado en una posición avanzada aguanta el ataque de los tanques enemigos, agazapado en un repliegue del terreno y provisto de un cinturón cargado de bombas de mano. Cuando el artefacto enemigo está a pocos metros, el marinero Coll se endereza súbitamente y una tras otra arroja sobre él sus bombas. Vuelve de un salto a su escondite y ve cómo el tanque se detiene y de su interior comienza a salir una espesa columna de humo. Los milicianos contemplan estupefactos el milagro. ¡Los tanques no son invulnerables! El monstruo acorazado puede ser destruido por un solo hombre si tiene corazón bastante para ponerse ante él a pecho descubierto con una granada en la mano. El mito de David y Goliat revive en las trincheras republicanas y el heroísmo del marinero Antonio Coll crea una moral nueva, la mística del «antitanquista», la psicología del «cazador de tanques», el tipo de soldado mejor y más eficaz que ha tenido la República.

Antonio Coll perece acribillado por las ametralladoras de un tanque al intentar la repetición de su hazaña. Pero el mito está ya creado y de él saldrán divisiones enteras de hombres que se harán matar heroicamente por llevar dignamente el prestigio romántico de este solo título: «Cazador de tanques».

LA REVELACIÓN SALVADORA

EL general Miaja y el teniente coronel Rojo, su jefe de Estado Mayor, trabajan febrilmente para ir encuadrando las fuerzas de que disponen en una verdadera organización militar. En las avanzadas se soporta difícilmente la presión enemiga, cada vez más fuerte. ¡Si no entran será un milagro!, repite el general Miaja.

Pero este segundo día de batalla se ha producido un hecho que va a tener una influencia decisiva para Madrid; un hecho extraordinario, casi milagroso.

El comandante Trucharte, que manda uno de los batallones de carabineros destacados en las avanzadas de la carretera de Extremadura, anuncia su deseo de entrevistarse inmediatamente con el general Miaja. Este le recibe en el acto y escucha el siguiente informe:

—Durante la noche pasada, un carro de asalto enemigo, que evolucionaba audazmente, ha sido alcanzado por nuestros disparos, que le han inmovilizado a poca distancia de nuestras avanzadas. Un grupo de milicianos ha salido de sus parapetos y se ha apoderado del tanque inutilizado, encontrando en su interior los cadáveres de sus tripulantes. Uno de ellos era un comandante, precisamente el jefe de la sección de tanques del ejército nacionalista. En sus bolsillos se han encontrado varios documentos importantes y, entre ellos, uno importantísimo: la orden de ataque dada a las tropas por el general en jefe que dirige las operaciones sobre Madrid.

El general Miaja coge el documento, le pasa la vista por encima y sus manos tiemblan de emoción. El encabezamiento dice textualmente: «Orden general de operaciones número 15. En mi Cuartel General, a las diez horas del día seis de noviembre de 1936. Misión para el día "D"…».

—¿El día «D»? ¿Cuál será el día «D»?

—El día «D» puede ser mañana.

Miaja, Rojo y sus colaboradores del Estado Mayor se inclinan anhelantes sobre aquel documento revelador que les envía la providencia. Tienen en sus manos nada menos que la salvación de Madrid.

CAPÍTULO V

EL TRÁGICO DÍA «D»

EL general Miaja y el coronel Rojo, con los ojos brillantes de júbilo, estudian minuciosamente la orden de operaciones del Cuartel General enemigo, que un venturoso azar ha puesto en sus manos.

—¡No pasarán! —exclama triunfante el defensor de Madrid después de considerar atentamente el plan de ataque del adversario.

Los rebeldes han puesto en línea ante Madrid un ejército de unos treinta o cuarenta mil hombres, distribuidos en pequeñas columnas. Sus bases de partida para el ataque son el Campamento de Ingenieros, el Campamento de Carabanchel, el pueblo de Carabanchel alto y Villaverde. La idea de la maniobra es ingeniosa y de buen estilo.

Dos de las columnas, las señaladas con los números dos y cinco, tienen la misión de atacar Madrid por el Suroeste, en dirección de los puentes de Segovia y Toledo, a las seis de la mañana del día «D». Ahora bien, la verdadera finalidad de este ataque no es otra que la de atraer engañosamente hacia este sector al grueso de las fuerzas republicanas. Se les da orden terminante de no intentar en ningún caso el paso del río y de no emplearse a fondo en una batalla que podría ser costosísima.

El verdadero ataque a Madrid lo darán las columnas número uno, tres y cuatro, que se desplazarán sigilosamente hacia el Noroeste y atravesando por sorpresa la Casa de Campo y la Ciudad Universitaria, caerán sobre el corazón de Madrid.

La columna número cuatro avanzará por la Casa de Campo, siempre hacia el Norte y su misión es contener los posibles ataques de las fuerzas de socorro que los republicanos hagan venir de la sierra. Cubriendo el flanco izquierdo, esta columna se abrirá camino por la Ciudad Universitaria hasta el Hospital Clínico, donde se fortificará. (Esta columna fue la única que consiguió su objetivo; llegó hasta el Hospital Clínico, y allí entre sus escombros, permanece al cabo de año y medio).

La columna número uno, protegido su flanco izquierdo por la columna anterior que le dejará paso, tiene la misión de entrar en Madrid por el Paseo de Moret y el de Rosales, la calle Marqués de Urquijo y la calle de la Princesa. Se fortificará en la Cárcel Modelo y en el cuartel del Infante don Jaime, asegurando el enlace con la columna número cuatro, instalada previamente en el Hospital Clínico y dará paso, a su vez, a la columna número tres, que ocupará la base para el ataque general sobre Madrid, formada por el Paseo de Rosales, las calles Marqués de Urquijo, Ferraz, Princesa y la Plaza de España. Al terminar la operación, esta columna habrá ocupado el Cuartel de la Montaña y tendrá dominados con sus fuegos el Palacio Nacional y la Gran Vía.

Dos columnas más, la seis y la nueve, formadas por moros del territorio del Ifni, el Tabor de la Mehal–la, los Requetés de Navarra, los voluntarios de Sevilla y Canarias y la Guardia Civil, quedan concentradas en Alcorcón, Villaverde, Getafe y Leganés, a las órdenes inmediatas del general en jefe, para acudir en el momento preciso al sitio de peligro.

Madrid está perdido si esta operación se efectúa tal y como está prevista en esta «Orden general número quince», que tiene ahora en sus manos el general Miaja.

—¡Hubiese caído en la estratagema! —exclama el defensor de Madrid con absoluta sinceridad—. ¡La finta del adversario era buena!

La maniobra de los rebeldes era realmente perfecta. Mientras las masas de los milicianos se apelotonaban en los barrios populares del Sur, para contener el simulado ataque contra los puentes de Segovia y Andalucía, el grueso de las fuerzas rebeldes, corriéndose hacia el Norte, se filtraba por la Casa de Campo y la Ciudad Universitaria para caer de improviso sobre Madrid, en donde entrarían por una zona expedita formada por grandes avenidas, jardines y edificios aislados, que los milicianos serían incapaces de defender. Se daba el caso de que así como en los barrios bajos había una barricada en cada esquina, en el sector por donde se proponían entrar los rebeldes no había ni una garita. Es más: en la misma línea trazada como eje de marcha de las columnas enemigas había en aquellos momentos una extensión de doce kilómetros completamente desguarnecida, sin defensas naturales y sin la más insignificante obra de fortificación. Entrando por las alturas de la Casa de Campo, las lomas de la Ciudad Universitaria y el paseo de Rosales, los Rebeldes llegaban al centro de Madrid por un terreno llano y despejado, mientras que en la zona Sur el cauce de Manzanares constituía un foso terrible, dominado siempre por el hacinamiento de viviendas humildes de los barrios populares, cuyos moradores las defenderían una por una con aquel encono y aquel heroísmo desesperado con que los chisperos supieron defenderse contra los granaderos de Napoleón.

Con la orden de ataque del enemigo a la vista, el general Miaja va cubriendo los puntos amenazados, en los que sitúa a las escasas fuerzas con que cuenta. Los hombres disponibles son pocos. Para llevarlos al Noroeste hay que quitarlos de los sectores del Sur, donde están conteniendo difícilmente los avances enemigos. La verdad es que sobran hombres, pero faltan soldados.

Surge entonces una nueva incógnita. Es lo más probable que el mando rebelde, al advertir, como es lógico, que su plan de operaciones ha caído en poder del enemigo, se apresure a modificarlo. Esto es lo razonable. Lo que ha sido para ellos una contrariedad puede convertirse en una doble finta. Todo el arte de la guerra consiste precisamente en esto, en sacar partido en todas las situaciones y en convertir las contrariedades en ventajas. Si el mando republicano conoce el plan de ataque, tanto mejor; se modifica, se le ataca por otro sitio y se le sorprende aún más desprevenido y desconcertado de lo que estaba. Esta hubiera sido la jugada genial de los militares rebeldes. El Estado Mayor de Miaja la tenía.

Miaja escucha esta prudente advertencia de su Estado Mayor y reflexiona. En este momento culminante entran en juego, a fondo, toda su capacidad profesional, su experiencia, sus dotes psicológicas, su inteligencia, en suma. Cierra los ojos y piensa: ¿Qué capacidad de improvisación, qué agilidad mental es la de los hombres que tengo en frente? ¿Cómo reaccionan habitualmente ante un hecho inesperado? Miaja les conoce bien; ha convivido con ellos muchos años, sabe exactamente de lo que son capaces y lo que les está vedado, sus vicios y sus virtudes, su valor personal, su pereza mental… Una leve sonrisa aparece en sus labios.

—¡Todas las fuerzas al sector Noroeste! —ordena—. ¡El enemigo perecerá en el eje de marcha que él mismo se ha trazado!

En este crítico instante, ni antes ni después, se salvó Madrid.

EL DÍA «D»

AL amanecer del tercer día de la defensa de Madrid, se han acumulado en la Casa de Campo y la Ciudad Universitaria todas las fuerzas que se han podido reunir. Una vez más se ha requerido a los sindicatos y sobre el frente amenazado se vuelcan pelotones y pelotones de voluntarios que por primera vez han tomado un fusil en sus manos horas antes de entrar en fuego. Los directivos sindicales van por los talleres reclutando hombres para el frente. Incluso los barberos jóvenes dejan sus tijeras y navajas para empuñar el fusil y en dos horas forman el pintoresco batallón titulado «Los Fígaros». Estos héroes insospechados dirigen al Ministerio de la Guerra una comunicación que tiene cierta grandeza espartana. Dice así textualmente: «Se ha formado el batallón de "Los Fígaros", que ha salido para el frente, cumpliendo las órdenes de Vuecencia. Van cuatrocientos cincuenta y tres hombres y llevan cuarenta y un fusiles».

Los dependientes de comercio han organizado otro batallón que lleva el impresionante título de «Los Leones Rojos». Hasta los toreros han formado su unidad de combate.

Se advierte que antes de que amanezca el enemigo ha ido tomando las posiciones que en su orden de operaciones se señalan como punto de partida para el ataque a Madrid. Su artillería formada por dos grupos de baterías del quince y medio, dos de diez y medio y otros dos del seis y medio, rompen el fuego contra las posiciones republicanas. Según estaba previsto, el enemigo comienza atacando por los sectores del Suroeste, como si efectivamente se propusiera pasar el Manzanares por los puentes de Segovia y Andalucía. En la madrugada los milicianos han volado con dinamita el famoso puente de Segovia. El ataque por este lado sigue pareciendo inverosímil al general Miaja. Desde el cauce del Manzanares hasta el núcleo central de Madrid, por la calle de Segovia arriba, hay un desnivel de cincuenta y nueve metros, en poco más de un kilómetro. Subir por la calle de Toledo hasta la Plaza Mayor, recorriendo cerca de dos kilómetros cuesta arriba sería también una temeridad. Por eso, aunque la presión del enemigo en este sector es durísima y los milicianos temen ser arrollados allí, el general Miaja concentra toda su atención en los sectores del Oeste.

Una columna enemiga rompe, efectivamente, las tapias de la Casa de Campo y favorecida por los añosos árboles que pueblan esta antigua propiedad de la Corona, va infiltrándose en dirección de la carretera nueva de Castilla, por donde se propone bajar al Puente de los Franceses, para ganar la Ciudad Universitaria. Los milicianos oponen una tenaz resistencia; pero, paso a paso, tienen que irse replegando ante la acometividad de los marroquíes y los profesionales del Tercio.

El general Miaja, con las manos a la espalda, va y viene a lo largo del vasto salón del Ministerio de la Guerra, siguiendo minuto por minuto las fases del combate. Con acento seguro y reposado, dicta incansable sus órdenes, sin un minuto de desfallecimiento. A pesar de su ceño fruncido y del tono seco y duro de sus palabras, infunde este hombre tal sensación de seguridad, que quienes en torno suyo consideran la defensa de Madrid como una loca aventura, se olvidan de toda inquietud y sugestionados por él, se consagran ciegamente a la labor, con ese encarnizamiento y esa eficacia de quienes saben que su esfuerzo no será vano.

Los momentos llegan a ser angustiosos. Las baterías enemigas cañonean furiosamente los cruces de la carretera de Castilla, La Coruña y El Pardo. Protegidas por el fuego de su artillería, las columnas rebeldes avanzan hacia la Ciudad Universitaria. Las mejores tropas de la República, los veteranos de Líster, Galán, Barceló y Mena tienen que ir cediendo terreno.

Una punta de vanguardia rebelde, dura como el acero, perfora el frente republicano, ocupa el cerro de Garabitas, vadea el Manzanares, sobre el que tiende una pasarela y se abre camino hacia los campos de deporte de la Ciudad Universitaria.

Madrid está a punto de sucumbir.

LA rotura del frente y la infiltración del enemigo en este sector, pudieron ser decisivos. Las masas de milicianos inexpertos habrían abandonado el campo en plena desbandada, si aquel mismo día no hubiese hecho su aparición en Madrid una fuerza nueva, una tropa aguerrida con la que el enemigo no contaba: la Brigada Internacional.

Fueron solo tres mil quinientos hombres. Antiguos soldados de la Gran Guerra muchos de ellos; en su mayoría comunistas alemanes de la columna Thaelman y anarquistas italianos del Batallón de Garibaldi; aquellos tres mil quinientos veteranos que sabían luchar en campo abierto, fueron los que, en la Casa de Campo, el Puente de los Franceses y la Ciudad Universitaria, se pegaron heroicamente al terreno y salvaron Madrid.

Los madrileños les habían visto cruzar horas antes por las calles, arracimados en unos camiones en los que a toda velocidad les habían traído de Albacete y de los acantonamientos próximos a Madrid, adonde habían ido concentrándose.

Con el puño en alto y gritando «¡UHP!» (Unión de Hermanos Proletarios), aquellos hombres venían de los cuatro puntos cardinales de Europa para hacer de los arrabales de Madrid la trinchera mundial de la revolución.

CAPÍTULO VI

LA PRIMERA NOCHE QUE MIAJA

PUDO DORMIR TRANQUILO

LA brigada internacional ganó su fama en una sola jornada, el crítico día «D» que Franco había señalado para dar el asalto decisivo a Madrid.

Aquellos centenares de extranjeros, alemanes e italianos en su mayoría, que se quedaron agarrados desesperadamente a los repliegues del terreno en los márgenes del Manzanares fueron el obstáculo insuperable que se alzó en el camino triunfal de Franco. Si los gobiernos de Alemania e Italia daban su apoyo material y moral a los rebeldes españoles, alemanes e italianos fueron también los hombres que le salieron al paso en los arrabales de Madrid. Aquellos hombres de la primera Brigada Internacional, aquella masa turbia de humanidad, residuo de la monstruosa elaboración de los Estados totalitarios, encontraba al fin en España lo que durante tantos años de expatriación, clandestinidad, persecuciones y miserias habían anhelado; un fusil y una trinchera desde la que luchar rabiosamente hasta la muerte contra los regímenes de opresión que odiaban y que no habían podido combatir eficazmente en su propia patria. Madrid se convertía en el símbolo de la revolución mundial.

LA GUERRA EN LA CIUDAD UNIVERSITARIA

LA voladura del puente del Ferrocarril del Norte y la defensa heroica que los internacionales hicieron del Puente de los Franceses no pudo impedir que los rebeldes vadeasen el Manzanares y por la pasarela que tendieron luego se adentraron en la Ciudad Universitaria. Primero se apoderaron de la Célebre Casa de Velázquez, meritísima fundación francesa que convirtieron en una verdadera fortaleza. Luego fueron corriéndose hacia los campos de deportes de los estudiantes, el de atletismo, el de football y el de rugby, y por la derecha hacia la Fundación del Amo, residencial estudiantil. Los republicanos se hicieron fuertes en unos puntos y cedieron en otros. El resultado fue que la naciente Ciudad

Universitaria, el grandioso conjunto de soberbios palacios aún no terminados que debía ser orgullo de España, se convirtió en el escenario de la guerra. Las baterías de uno y otro bando se pusieron a vomitar metralla sobre los colosales edificios universitarios alzados a costa de penosos esfuerzos económicos para dar un albergue suntuoso a la cultura española. En el interior mismo de aquellos templos erigidos al saber comenzó una lucha salvaje, feroz, cuyos protagonistas en nada habían de diferenciarse del hombre primitivo, del auténtico cavernícola. El palacio de la Facultad de Filosofía y Letras con sus sótanos blindados e incombustibles para proteger los incunables y ejemplares únicos en el mundo que se guardaban en su biblioteca se convirtió en una fortaleza inexpugnable. El colosal edificio de la Facultad de Medicina y el hoy tristemente Hospital Clínico sirvieron de reducto a los salvajes guerreros de los confines del Desierto de Sahara que, parapetados en los laboratorios y los quirófanos modernísimos, defendían la cultura y la civilización occidental. La Escuela de Agricultura, la de Odontología, la Facultad de Ciencias, todos aquellos Palacios consagrados al saber fueron sacrificados implacablemente a la bestialidad de la guerra. Allí, en aquel ambiente de la Ciudad Universitaria, la guerra civil era ostensiblemente el símbolo elocuente del fracaso de nuestra cultura y nuestra civilización.

LA HORRENDA CARNICERÍA

LOS milicianos españoles, estimulados por la lección y el ejemplo de los internacionales, rivalizaron con ellos y en las orillas del Manzanares y en el recinto de la Ciudad Universitaria se produjo lo que hasta entonces no había habido en toda la guerra civil, una mortandad espantosa, unas cifras de bajas aterradoras. Tras la columna que logró llegar por sorpresa al Hospital Clínico el mando rebelde se obstinó en ir empujando sucesivamente a todas las columnas de reserva que tenía, pero una tras otra fueron quedando aniquiladas en aquel desfiladero formado por líneas de posiciones que se mantuvieron firmes después de abierta la brecha en el frente republicano. Allí se embotó la punta de acero de la vanguardia rebelde que había avanzado triunfalmente desde Extremadura. Allí enterró Franco sus mejores soldados.

También Madrid perdió allí sus más heroicos defensores. Los batallones que entraban en fuego eran prontamente aniquilados. Allí mismo en el frente se reorganizaban con los refuerzos que enviaban constantemente los sindicatos y volvían a la carga. Hubo batallones que perdieron el ochenta y siete por ciento de sus efectivos. Al caer la tarde del día «D» el pueblo madrileño había dado ya más de veinte mil hombres para ir a las trincheras.

Los heridos a centenares, a millares, eran evacuados a los hospitales del centro de Madrid. Las ambulancias iban y venían constantemente desde la Ciudad Universitaria a la calle de Alcalá, donde se habían instalado varios hospitales de sangre. Ante uno de ellos improvisado en los salones de la Gran Peña, el club más aristocrático de Madrid, la sangre que derramaban los heridos al ser transportados desde las ambulancias al portal había formado en la acera un charco grande, negro y pegajoso. Los madrileños no combatientes que pasaban por aquel lugar se paraban para contemplar atónitos y silenciosos aquel testimonio horrible de la espantosa carnicería.

Las cifras de bajas que el general Miaja iba recibiendo en su despacho del Ministerio son aterradoras. Caen los hombres a docenas, a centenares, segados por las ametralladoras, los morteros, las baterías y los aviones enemigos. Pero no se retrocede. Pronto será de noche y aún se sigue combatiendo en las mismas posiciones.

¡ARMAS! ¡ARMAS!

NO hay armas bastantes. Los nuevos batallones que se forman en las fábricas y los sindicatos van al frente sin fusiles. Allí tomaron los de los muertos. Las municiones de fusil comienzan también a escasear. El problema se complica porque hay fusiles de cuatro o cinco calibres distintos y frecuentemente las unidades que están en primera línea tienen que dejar de batirse porque las municiones que se les pueden enviar no les sirven. Felizmente han llegado municiones para la artillería y el mando republicano conociendo exactamente el emplazamiento de las baterías adversarias, así como los lugares donde los rebeldes han emplazado sus parques de intendencia, los somete a un cañoneo eficacísimo.

Ante la escasez de armas el general Miaja destaca a unos emisarios para que vayan rápidamente a Albacete y en el plazo de unas horas se traigan las que encuentren en los depósitos que allí ha ido formando el Gobierno. Pero el Gobierno, que al llegar a Valencia ha conseguido rehacerse, trata ahora de organizar la nueva línea defensiva de Levante y las autoridades de Albacete tienen orden terminante de no entregar las armas a los madrileños. Los emisarios de Miaja llevan también órdenes concretas y ante las dilaciones y las dificultades burocráticas que las autoridades de Albacete les ponen, echan manos a sus pistolas y a viva fuerza arrancan las armas y vuelven a Madrid con varios camiones cargados de fusiles y municiones. Este incidente fue, andando el tiempo, el origen de la lucha personal entre Miaja y Largo Caballero.

UN EJÉRCITO LAMENTABLE

MUCHOS de los obreros y empleados que han formado los batallones de voluntarios han ido al frente mal vestidos, con sus ropas de trabajo y sus zapatos desgastados. El frío ha comenzado a apretar en estos primeros días de noviembre y casi todos los que han sido llevados precipitadamente a las trincheras carecen de mantas. Se abrigan con periódicos. La prensa revolucionaria que para inflamar su espíritu se les lleva a grandes cantidades les sirve para abrigarse con ella. Envueltos en unos cuantos periódicos que se sujetan al pecho y a la espalda con cuerdas que les dan el aspecto de paquetes de andrajos, estos soldados, los más miserables del mundo, llevan ya tres días en las trincheras batiéndose sin descanso día y noche. Muchos de ellos caen rendidos por el cansancio y las inclemencias del frente que son incapaces de resistir. Las bajas por agotamiento y enfermedad son tan cuantiosas como las que produce la metralla enemiga.

A muchos de ellos hay que retirarles de los parapetos por piedad. Son hombres con más entusiasmo por sus convicciones que energías físicas para defenderlas, a quienes ha engañado su propio corazón. Creían que para guerrear bastaba con tener coraje y a las cuarenta y ocho horas de estar a la intemperie con hambre, con frío y con miedo disparando un fusil son unos verdaderos guiñapos. A esta batalla han ido los que menos capaces eran de guerrear, los que peores condiciones físicas reunían, la gente de nervios menos seguros, los de menos temple y serenidad. Hombres avejentados por una vida sedentaria de trabajo en fábricas y oficinas y muchachillos exaltados sin ninguna resistencia, sucumbían pronto. En esta guerra la tuberculosis ha de hacer tantas bajas como las balas.

MOMENTOS DE PÁNICO

HAY un momento en que el pánico se apodera súbitamente de Madrid y está a punto de producir una catástrofe. El vecindario madrileño que lleva tres días respaldando con su serenidad la batalla más terrible de la guerra civil, se deja arrastrar por el terror cuando menos podía temerse y en un instante se le ve lanzarse a una huida desesperada y suicida. La gente, empujada de pronto por un miedo irracional, abandona sus casas y corre aturdida sin saber adónde. ¿Qué pasa?

Una punta de vanguardia enemiga formada por tropas marroquíes ha hecho una incursión audaz por el sector de Carabanchel y se ha metido imprudentemente entre unas posiciones sólidamente defendidas por los republicanos. Estos han conseguido cortar la retirada a un centenar de moros, quienes viéndose cercados no han tenido más remedio que rendirse. Los prisioneros han sido metidos en unos camiones descubiertos y enviados al Ministerio de la Guerra. Pero al cruzar por las calles de los barrios populares aquellos camiones cargados de moros, alguien que los ve pasar, un chiquillo, una vieja, no se sabe quién, echa a correr gritando: «¡Los moros! ¡Los moros! ¡Ya están aquí!».

No hace falta más. La noticia de que los moros avanzan en camiones hacia el centro de Madrid produce tal pánico que millares de personas echan a correr despavoridas. El pánico es terriblemente contagioso. Todos corren sin saber exactamente por qué. Este movimiento de pánico colectivo puede ser fatal.

Hasta las trincheras llegan los efectos de esta desmoralización súbita e injustificada de la retaguardia. Los milicianos empiezan a desertar y una vez más corre por las líneas avanzadas el rumor derrotista de que se ha dado por el mando la orden de retirada. Los jefes de las columnas telefonean ansiosos al general Miaja.

—Yo no daré nunca la orden de retirada —les contesta.

Uno de los jefes de sector insiste:

—¿Y si mi enemigo arrolla mis actuales posiciones adónde debo retirarme?

—Al cementerio —le responde Miaja colgando el auricular del teléfono.

A LA TERCERA NOCHE

LLEGA al fin la noche y poco a poco va cediendo el estrépito de la batalla. La jornada ha costado millares de bajas, pero los milicianos siguen firmes en sus posiciones.

Antes de echarse a descansar unas horas Miaja redacta un parte dirigido a sus tropas. Son cuatro líneas que dicen así: «Milicianos y soldados: las fuerzas del enemigo con todos sus elementos están atacando Madrid. Espero de todos vosotros que no retrocedáis ni un paso, pues de mí solo recibiréis la orden de avanzar. Vuestro general, MIAJA».

Luego, ya junto al lecho, mientras va desnudándose, le informan todavía de las noticias que se reciben del exterior. Todo lo que no es Madrid tiene para Miaja una importancia secundaria. Le comunican que el general Mola ha dicho por la radio al mundo entero que Madrid está ya en su poder. Miaja se limita a sonreír displicente. Luego le alargan un telegrama por el que pasa la vista bostezando. Es un despacho firmado por el Presidente de la República de Guatemala.

—Esto no es para mí; se han equivocado —dice Miaja devolviéndolo.

El telegrama está efectivamente dirigido al Ministerio de la Guerra de Madrid, pero no al general Miaja, sino al general Franco. El Presidente guatemalteco le dice que se apresura a ser el primero en felicitarle por la conquista de Madrid. Su anticipación ha resultado verdaderamente notable.

Hay todavía otro telegrama de Viena en el que los monárquicos austríacos se felicitan de la rendición de Madrid. ¡Quién iba a decirles a los pobres monárquicos austríacos que antes, mucho antes, de que sucumbiera Madrid sucumbiría Viena!

Hay por último un telegrama de Valencia. El Gobierno fugitivo da al fin señales de vida. Se han instalado definitivamente en la capital levantina y en su primer despacho pide que se le envíe la vajilla del palacio de Buenavista. Miaja contesta lacónicamente: «Los que

34/100

hemos quedado en Madrid también comemos».

Al meterse ya en la cama dice finalmente el general Miaja:

—Esta es la primera noche que voy a dormir tranquilo. Las noches anteriores al echarme en la cama pensaba: «Bueno, Miaja; mañana al paredón».

CAPÍTULO VII

CUANDO MIAJA LUCHABA

AL MISMO TIEMPO CONTRA FRANCO

Y CONTRA LARGO CABALLERO

EL Gobierno fugitivo ha conseguido rehacerse en Valencia y lanza desde ahí una nota en la que intenta justificar su huida. Aunque ésta no era ya ningún secreto para los madrileños, hasta ahora no se le había dado estado oficial por temor al efecto desmoralizador que pudiera producir.

En las avanzadas los oficiales leen esta nota a los combatientes, que se encogen de hombros despectivamente. ¿El Gobierno? ¿Qué importa el Gobierno? ¿Qué más da que se vaya o que se quede? A ellos lo único que les interesa es el enemigo que tienen enfrente. Ya llegará la hora de ajustarles las cuentas al Gobierno y a todos los políticos. Al miliciano que se está batiendo desesperadamente en los arrabales de Madrid lo único que le preocupa es que el enemigo no pase. «¡No pasarán!», grita obsesionado. Quiere armas, municiones, comida, abrigo y mando. Nada más.

En los últimos días el miliciano ha podido advertir que tras él hay un mando enérgico, una mano de hierro providencial que le sostiene con tesón y acude rápidamente a sus necesidades. Los emisarios del frente que han ido al Ministerio de la Guerra a reclamar elementos para seguir la luche dicen al volver a las trincheras.

—El Gobierno no está en Madrid, pero en el Ministerio me han dado lo que necesitaba con muchas menos dificultades que antes. Eso es todo.

Pero en Valencia, el Gobierno de Largo Caballero empieza a sentirse inquieto ante el predicamento que en tres días, solo en tres días, ha tomado el defensor de Madrid y volviendo celosamente por sus fueros se apresura a recordarle que su autoridad es puramente delegada. Miaja reitera su adhesión y su fidelidad al Gobierno de la República. Lo único que quiere es que le dejan la libertad de movimientos que necesita para defender Madrid. A lo que no se resigna es a que una herrumbrosa máquina burocrática le entregue al enemigo atado de pies y manos.

—La vida de los hombres que defienden Madrid vale para mí más que todos los requisitos administrativos —dice Miaja—. Hago lo que me parece oportuno. Ya rendiré cuentas.

Esta es su última palabra.

HAMBRE GUERRA Y BUEN HUMOR

ENCERRADO en su despacho, el general Miaja trabaja durante veinte horas diarias. Tres o cuatro horas de sueño a última hora de la madrugada le bastan para conservar la energía. Hay que atender no solo al frente, sino a la retaguardia.

El problema más grave es el del abastecimiento. En Madrid hay todavía depósitos de víveres considerables, pero están en poder de organismos incontrolables, principalmente de la FAI. Los anarquistas, inverosímilmente previsores, se han incautado de grandes cantidades de subsistencias que tienen ocultas y defendidas por sus más bizarros milicianos. «¡Solo la FAI come carne!», exclama amargamente el vecindario.

Hay que arrancar estos víveres de las manos de los anarquistas. El general Miaja sale triunfante de este empeño en el que el Gobierno había fracasado reiteradamente, y el pueblo de Madrid come al fin la carne que buenamente hay.

Otro problema grave es el de proporcionar prendas de abrigo a este improvisado ejército que está en las trincheras envuelto en papel de periódicos. Es inútil emprender ninguna nueva requisa. Todo está ya requisado. Las tiendas y los almacenes fueron saqueados en los primeros días de la revolución por bandas de titulados milicianos que no han ido nunca al frente y andan por las calles de Madrid con cazadora de piel y botas altas de montar, mientras los que luchan en las trincheras se mueren de frío. Se hace popular una cancioncilla de cierto sabor clásico que critica esta tremenda injusticia. Dice así:

Cuando se viene a Madrid

lo primero que se ve

son los emboscados, madre,

sentados en los cafés.

Los chaquetas son de cuero,

los pantalones también,

En las últimas requisas que se intentan no se encuentran más que toallas y los infelices de las trincheras las utilizan como bufandas a falta de cosa mejor. Hay que empezar por montar los talleres en que han de confeccionarse las prendas de abrigo. Se moviliza a las costureras y se requisan las máquinas de coser que estaban pignoradas. Se distribuyen madejas de lana a millares de mujeres para que elaboren jerséis de punto. Pero los milicianos que están en las trincheras no quieren las prendas de punto. Los piojos se les meten en la trama y no hay manera de soportarlas.

De lo único que hay profusión es de cubrecabezas. Los gorros más disparatados y bizarros se venden a bajo precio en la Puerta del Sol. Cada miliciano se encasqueta el que más le gusta. Predominan los cubrecabezas con orejeras a la manera rusa. En medio del caos de la guerra y la revolución Madrid conserva su gusto por lo pintoresco; su fantasía, el penacho, el airón.

Las trágicas horas que se viven no han extinguido el buen humor del pueblo. Como el general Mola ha dicho en son de reto que dentro de muy poco tiempo tomará café en la Puerta del Sol, los madrileños han colocado en mitad de esta gran plaza una mesa con una taza, una cafetera y un letrero que dice: «Para el general Mola». La gente que pasa se detiene, ríe y comenta; así va sobrellevando con buen ánimo el horror de la guerra. El general Mola pereció sin poder ir a tomar aquella taza de café que los madrileños le tenían preparada.

El problema que más preocupa a Miaja, después de la guerra, es el del orden público. Tanto como al derrumbamiento del frente teme a la descomposición de la retaguardia. En Madrid hay miles y miles de partidarios del general Franco que acechan el momento crítico para entrar en acción. Ellos son los que provocan los tiroteos que constantemente se producen en el interior de la ciudad. Por otra parte, los partidos políticos y las centrales sindicales, recelosos unos de otros, han armado a sus afiliados y en cualquier momento es posible un choque entre los elementos antifascistas de diversas tendencias. Los periódicos de los diferentes partidos se atacan furiosamente como si el enemigo común no estuviera a las puertas de Madrid.

Miaja, en la reunión celebrada por la Junta de Defensa dos días después de haberse marchado el Gobierno, aborda de frente el problema. En la retaguardia hay demasiados fusiles. Es lo sucesivo los militantes de los partidos políticos no podrán ejercer la vigilancia en las calles. El general Miaja dicta una orden terminante: «Se concede un plazo de veinticuatro horas para que todos los ciudadanos entreguen sus armas. Pasado el plazo, las personas a quienes les fueren ocupadas armas serán consideradas facciosas».

CASUALMENTE llega a conocimiento del general Miaja que el Gobierno ha circulado órdenes para que las tropas que ocupan el frente de la Sierra, desde El Escorial hasta Buitrago se replieguen hacia el Este en el caso probable de que Madrid no pueda resistir. Esta orden de retirada discrecional puede provocar una catástrofe. Una falsa alarma, un momento de confusión, y los ochenta kilómetros del frente de la Sierra pueden quedar desguarnecidos.

—¡El agua! —clama Miaja angustiado.

Si esas fuerzas se retiran de sus posiciones los embalses que abastecen Madrid de agua potable quedarán en poder de los rebeldes y será imposible toda resistencia.

Pero el defensor de Madrid no tiene ninguna jurisdicción sobre esas tropas y para anular las «previsiones» del Gobierno tiene forzosamente que extralimitarse como ha tenido que hacer cuando a viva fuerza y contrariando las órdenes del Gobierno se ha apoderado de los depósitos de armas de Albacete.

Desde Valencia, el Jefe del Gobierno y Ministro de la Guerra señor Largo Caballero empieza a inquietarse seriamente. En Madrid es un general quien gobierna y este general que ha conseguido agrupar en torno suyo a todas las fuerzas de la capital procede autónomamente, por sí y ante sí, como si el Gobierno de la República no existiera. El súbito prestigio de este general levanta en el espíritu suspicaz de Largo Caballero el fantasma de un posible dictador. Sus recelos son tan grandes que no vacila en comprometer la heroica defensa de Madrid obligando al general Miaja a que vaya inmediatamente a Valencia para rendir cuentas de su actuación. Miaja se niega rotundamente.

—No puedo salir de Madrid en estos momentos —contesta—. El pueblo creería que yo también desertaba ante el enemigo.

Largo Caballero insiste. La cinta del teletipo del Ministerio transmite reiteradamente y con más apremio cada vez las órdenes terminantes del Gobierno para que deje Madrid.

—Salga usted secretamente —dispone Largo Caballero.

—Imposible. Se divulgaría la noticia de mi escapatoria clandestina y los efectos serían más catastróficos.

Como el general Miaja se niega rotundamente a ir a Valencia una delegación del Gobierno formada por tres ministros vuelve a Madrid. Uno de ellos, el señor Álvarez del Vayo, que a pesar de ser Comisario General de Guerra abandona también su puesto en la noche del seis de noviembre, asiste a la reunión de la Junta de Defensa y ante ella el general Miaja reitera su lealtad y su subordinación al Gobierno en cuanto no comprometa o dificulte la defensa de Madrid.

Alguien insinúa entonces que precisamente la junta de Defensa ha sido creada para frenar posibles ambiciones personales de quien se encargase de la defensa de Madrid y el general Miaja al oírlo contesta con una estrepitosa carcajada.

No; las preocupaciones de Largo Caballero son ridículas. La lealtad y la subordinación del general Miaja permanecen inconmovibles. Él, lo único que quiere es que le dejen defender Madrid eficazmente. No tiene ninguna ambición; no aspira a ejercer ningún poder personal; la Junta de Defensa, los partidos políticos, las centrales sindicales, el ejército y el pueblo de Madrid tienen una ciega confianza en su lealtad republicana. Puede el Gobierno seguir tranquilamente en Valencia.

Los emisarios de Largo Caballero tienen que rendirse a la evidencia. El defensor de Madrid no es ninguna amenaza para las instituciones democráticas, no hay en él ni la sombra de un dictador.

No obstante estas seguridades el señor Largo Caballero seguirá mirando recelosamente el prestigio de Miaja y valiéndose de ruines triquiñuelas burocráticas intentará hostilizarle constantemente.

Llega esta hostilidad a extremos bochornosos. Faltan trajes de abrigo para los aviadores y para confeccionarlos se precisan unas   cremalleras que legalmente han de ser adquiridas por el Ministerio de la Guerra en Valencia. Como los aviadores no pueden seguir volando arrebujados en mantas y periódicos Miaja ordena que se adquieran inmediatamente y sin más trámites las cremalleras necesarias. Largo Caballero le envía acto seguido una comunicación recordándole que tales compras solo pueden hacerse por el Departamento ministerial que él dirige y reiterándole una vez más que debe acatar sus órdenes. Miaja no puede sufrir más y contesta secamente por el teletipo:

—No olvido en ningún momento el acatamiento debido a Valencia y le ruego me sustituya en el cargo que me ha encomendado.

El defensor de Madrid ha sido derrotado… por el Gobierno de Valencia.

Y MIENTRAS TANTO, EL ENEMIGO ENTRA EN MADRID

NO se comprende a Miaja. Los gobernantes de la República, recelosos y escarmentados, no comprenden que un general pueda utilizar su prestigio personal como no sea para ejercer un poder arbitrario y dictatorial. El espectro amenazador de la dictadura se alza siempre ante ellos.

Nada más distinto de un dictador que este hombre sencillo, oscuro, sin ambición, sin ninguna prosopopeya, sin la más mínima vanidad personal. Su fuerza indiscutible que desde el primer momento subyuga a sus jóvenes y entusiastas colaboradores, su energía indomable y su rudo carácter de militar que sabe mandar, están devotamente al servicio de la democracia. Su único anhelo es cumplir la misión que se le ha encomendado: defender Madrid.

Los «latigazos» que le dan desde Valencia —así los califica él mismo— le llenan de amargura y hubiera mantenido su dimisión abandonando su heroica tarea si no hubiese ocurrido algo que le hace prescindir súbitamente de toda lo que no sea la guerra misma.

¡El enemigo ha entrado en Madrid! Las columnas rebeldes han conseguido abrirse paso por la Ciudad Universitaria y avanzando por el Parque del Oeste han llegado a las calles de la capital. El general Miaja en aquel instante olvida todas sus amarguras y se lanza personalmente a la pelea.

Es el día 17 de noviembre. El enemigo está en los alrededores de la Cárcel Modelo. En la calle de Cea Bermúdez una mujer entreabre curiosa una ventana porque ha oído hablar en un idioma extraño y ve un grupo de moros que avanzan pegándose a las paredes con el fusil en ristre.

CAPÍTULO VIII

EL GENERAL MIAJA EN LA LÍNEA DE FUEGO

SON las once de la mañana. Las noticias que llegan del frente al Ministerio son cada vez más confusas y alarmantes. Durante la noche anterior se ha combatido en la Ciudad Universitaria y según parece el enemigo ha roto el frente y filtrándose por el Parque del Oeste ha llegado a las primeras calles de Madrid. Se está peleando ya en los alrededores de la Cárcel Modelo.

El general Miaja ante la inminencia de la catástrofe decide ir personalmente al terreno de la lucha. Acompañado por el teniente coronel Rojo como jefe de Estado Mayor, de su ayudante Pérez Martínez y de su secretario López, sale en automóvil con dirección a la Ciudad Universitaria.

Al llegar a la Gran Vía suenan las sirenas de alerta y la gente corre a esconderse en los refugios. El auto del general, precedido por unos motoristas y seguido por el auto de escolta de la Policía, continúa su marcha por las amplias y desiertas avenidas. Los trimotores rebeldes hacen una pasada de reconocimiento a poca altura sin que les inquieten las escasas y mal dirigidas ametralladoras antiaéreas de Madrid.

El general Miaja y su escolta llegan a la Cárcel Modelo mientras evolucionan sobre sus cabezas los aviones franquistas, a cuyos observadores no ha podido pasar inadvertido el breve cortejo.

El emplazamiento elevado de la Cárcel Modelo, cuyas terrazas dominan el Parque del Oeste, la Ciudad Universitaria y la Casa de Campo, permite apreciar en conjunto el escenario de la lucha y conocer exactamente qué posiciones se conservan y cuáles se han perdido. Desde una de las galerías de la Cárcel el general Miaja y su jefe de Estado Mayor van comprobando la magnitud del desastre. Las avanzadas rebeldes están efectivamente a doscientos o trescientos metros de la plaza de la Moncloa. Pero en cambio, a retaguardia del enemigo, se mantienen firmes muchas de las posiciones republicanas. La brecha que los rebeldes han abierto y por la que audazmente se han filtrado puede ser fatal para ellos si su avance impresionante no provoca el derrumbamiento de la moral de los milicianos.

Para dominar mejor el panorama de la lucha decide Miaja subir a la terraza más elevada del edificio. Los aviones de bombardeo enemigos vuelven a hacer una pasada sobre la Cárcel Modelo. El ruido de sus motores apaga por un momento el estrépito de la fusilería. Miaja y sus acompañantes están junto a la terraza esperando la llave de la puerta que un ordenanza ha ido a buscar cuando súbitamente el pesado edificio se bambolea conmovido en sus cimientos; se alzan al cielo, disparados como cohetes, unos jirones negros y rojos, saltan hechos añicos los cristales y lentamente una nube enorme de polvo y humo va levantándose y envolviéndolo todo. Una de las galerías de la cárcel ha sido derrumbada por la explosión de una bomba.

El grupo formado por el defensor de Madrid y sus colaboradores ha permanecido inmóvil junto a la terraza. Cuando se despeja la atmósfera y se recobra la visibilidad, Miaja asomado a su atalaya, va escrutando con sus prismáticos el panorama y precisando de cuando en cuando con el jefe de Estado Mayor la verdadera situación de las fuerzas republicanas y sus posibilidades de resistencia.

Pero los trimotores enemigos después de describir un amplio semicírculo enfilan otra vez el edificio de la cárcel. Los aviones rebeldes han debido adivinar que aquélla es la atalaya del Mando republicano y están resueltos a destruirla. A espaldas del general que escruta impasible el horizonte crece el zumbido de los motores que se aproximan hasta hacerse ensordecedor, se oye notablemente el silbido agudo de la bomba que cae y otra vez el formidable estruendo de la explosión. Esta vez los aviadores fascistas han acertado a dejar caer toda su carga en el recinto de la cárcel y las explosiones se suceden cada vez más próximas y horrísonas. Una de ellas se produce en la misma galería donde se halla el general Miaja y los derrumbamientos sucesivos lo envuelven todo en una gigantesca humareda que hace inutilizable el observatorio. Miaja, contuso, desciende de la terraza casi a tientas.

Al llegar al patio el espectáculo que se ofrece a su vista es horripilante. Las bombas que a él, que estaba en el sitio más visible, le han respetado, han producido allí una carnicería. Caídos en el suelo varios hombres alcanzados por la metralla lanzan quejidos desgarradores. Otros yacen ya inmóviles; la sangre a golpes cada vez más tenues sigue manando por las brechas abiertas en sus cuerpos que acaban de exhalar el ánima. Un hombre con las piernas segadas por la explosión se incorpora sobre los muñones sanguinolentos de sus muslos e intenta avanzar casi arrastrándose. Da unos saltos escalofriantes y cae revolcándose en la sangre que brota de todo su cuerpo acribillado. Miaja, con los ojos inyectados en sangre, avanza hacia aquella piltrafa palpitante empuñando resueltamente su pistola. No es necesario. Una sacudida más y aquel tronco mutilado se queda inmóvil para siempre.

Ciego de furor, el defensor de Madrid sale de las ruinas humeantes de la cárcel. Las garitas de piedra que había a la entrada han sido arrancadas de cuajo. Miaja avanza atravesando una densa nube de humo y polvo, vacila y cae en un hoyo profundo producido por otra bomba. La explosión ha reventado las cañerías y el hoyo está lleno de agua en la que Miaja se hunde hasta la cintura. Cuando sale de allí sus ropas están empapadas. No importa. ¡Adelante! Hay que acudir a las avanzadas ahora mismo. Es el momento crítico del ataque enemigo según ha podido observar desde la terraza de la cárcel. Los milicianos flaquean. No hay un instante que perder si se quiere conjurar el desastre.

SE ha iniciado la desbandada. Los milicianos desmoralizados retroceden y van llegando en grupos a las calles de Hilarión Eslava, Fernández de los Ríos y Princesa. La Plaza de la Moncloa donde se alza la cárcel está batida por la artillería enemiga, cuyos proyectiles alcanzan ya las casas de vecindad próximas, que aún seguían habitadas. En los linderos del Parque del Oeste la cortina de fuego de fusilería, de ametralladoras y morteros que han establecido los rebeldes ocasionó centenares de bajas. Muchos milicianos huyen hacia el interior de Madrid. Unos con el pretexto de ayudar a la evacuación de los heridos, que son muchos, abandonan la línea de fuego para no volver; otros, sin ningún pretexto, se vuelven a sus casas descorazonados, convencidos de que toda resistencia es inútil. Al doblar una esquina cualquiera abandonan disimuladamente el fusil y las cartucheras para perderse después entre la población no combatiente.

Miaja contempla impotente la desbandada. Si los rebeldes se instalan en la plaza de la Moncloa y ocupan el edificio de la Cárcel Modelo, la pérdida de Madrid es inminente porque desde estas posiciones tendrán dominada la calle de la Princesa que desciende hasta la plaza de España y la Gran Vía. La pérdida de la plaza de la Moncloa es además la rendición inevitable del barrio de Pozas con sus arterias principales la calle marqués de Urquijo y el paseo de Rosales, todo el Oeste de Madrid.

El pánico crece por instantes. Los vecinos de las calles próximas abandonan sus hogares sembrando la alarma por todo Madrid. Los grupos de milicianos que vienen del frente arrancándose las insignias y distintivos militares, desembarazándose de las cartucheras y abandonando los fusiles, son cada vez más nutridos.

Miaja, en el centro de la plaza de la Moncloa, con sus ropas empapadas y el cuerpo dolorido por los magullamientos de la explosión, presencia furioso y desesperado la catástrofe. Un grupo más numeroso de desertores desemboca en la plaza. Miaja tiene en este instante una resolución heroica. Avanza hacia ellos como un energúmeno y desenfundando la pistola les cierra el camino.

—¡Atrás, cobardes! ¡Al que dé un paso más lo mato como a un perro! ¡Atrás! ¡Canallas! ¡Hijos de mala madre!

El general, con la pistola en la mano, llega hasta los fugitivos que con los fusiles en ristre le miran un momento torvamente como bestias acorraladas y luego, subyugados por su coraje, bajan la cabeza y se repliegan avergonzados.

—¿Sois vosotros los heroicos defensores de Madrid? ¿Adónde vais huyendo como cobardes? ¿A esconderos debajo de la cama? ¡A las trincheras! ¡Volved a las trincheras! ¡Hay que saber morir como hombres!

Las balas de las ametralladoras y los fusiles franquistas barren la plaza de la Moncloa silbando en torno del general, que, ayudado por su séquito, consigue volver a sus trincheras a aquel puñado de hombres. Los que venían tras ellos huyendo también al verles regresar, vacilan.

—¿Adónde vais? ¡El general Miaja está ahí! —les advierten los que regresan.

—¡El general Miaja!

—¡El general Miaja!

Por los parapetos y las líneas de trincheras que estaban a punto de ser abandonados corre la noticia de que el general Miaja está allí, en la línea de fuego. Aquellas masas de hombres desmoralizados por la superioridad del enemigo sienten sobre ellas lo que hasta entonces no habían sentido; la sombra, a la vez amenazadora y tutelar, del Mando. El mito del general Miaja que está allí, pistola en mano, llevando a los hombres al combate y a la victoria actúa decisivamente sobre la moral de los milicianos como si fuese posible que detrás de cada uno de ellos estuviese el general en persona sosteniéndole en la trinchera, animándole y exigiéndole imperiosamente el cumplimiento de su deber.

La lucha renace. Los rebeldes no avanzan ya un paso. Miaja desde la plaza de la Moncloa envía sus órdenes a los jefes de las posiciones republicanas de la Ciudad Universitaria que hacen un fuego mortífero sobre las fuerzas asaltantes. Estas han avanzado dejándose a sus flancos unos islotes de resistencia desde los que están siendo aniquiladas.

La desbandada ha sido contenida. Todavía procura escapar hacia el interior de Madrid algún que otro miliciano despavorido. Pero la reacción general domina estas deserciones.

Entre los parterres de la plaza de la Moncloa un chiquillo de unos doce años, de cuerpecillo desmedrado y pobremente vestido, uno de esos típicos golfillos madrileños que son como los gorriones de la villa, a los que la misma batalla no ha podido desterrar de Madrid, descubre a un miliciano que ocultándose procura ganar los barrios apartados de la lucha. El fugitivo lleva aún el fusil en la mano y va despojándose del correaje y las cartucheras. El golfillo se planta ante él con ademán resuelto y agarrándole el fusil le dice:

—¡Trae acá, cobarde!

El hombre, aturdido, no acierta a reaccionar y deja que el chiquillo le arranque de las manos el fusil. Cargado con él y con las pesadas cartucheras se acerca el golfillo al general Miaja y le dice:

—Tome usted este fusil que puede servir para otro que no sea cobarde.

Este ademán del golfillo madrileño ha emocionado tanto al general Miaja que meses después lo recordará aún diciendo:

—Fue lástima que en aquellos momentos no pudiera preocuparme de aquel chiquillo al que con gusto recompensaría como se merece.

UNA FRASE DEL EMBAJADOR INGLES

SOS milicianos han vuelto a entrar en contacto con las tropas de Franco y la lucha se reanuda con gran brío. El teniente coronel Rojo y el ayudante de Miaja deciden arrancar al general de aquel lugar de peligro. Rojo le dice con serena firmeza:

—¡Mi general, éste no es su puesto! Está usted arriesgando su vida inútilmente y su vida no le pertenece a usted solo, sino que está ligada a la de todos esos millares de hombres que defienden Madrid. No debe usted permanecer aquí ni un momento más.

Miaja duda todavía antes de retirarse a su despacho del Ministerio. Su puesto en el momento crítico era aquél. De nada hubiesen servido las más previsoras órdenes dictadas desde su despacho. Había que estar allí. Su presencia física, esa sugestión imponderable que en un momento dado ejerce sobre una masa de combatientes un hecho, tan insignificante, al parecer, para la realidad de la lucha, como la acción de un hombre solo, ha sido, sin embargo, lo que ha salvado Madrid. El enemigo no llegó hasta aquella plaza de la Moncloa en la que se plantó Miaja con una pistola en la mano. Ni llegará ya nunca.

Miaja, que tiene las ropas empapadas, va a cambiarse en el domicilio del teniente coronel Rojo que se halla casualmente en las inmediaciones del lugar de la lucha, y vistiéndose un uniforme de su jefe de Estado Mayor vuelve al Ministerio. Al entrar los periodistas le abordan; Miaja impasible, les contesta con su aplomo habitual como si volviese de una normal visita de inspección.

—No ocurre nada. Seguimos defendiéndonos. ¡No pasan, ni pasarán!

Cuando llega a su despacho, siente la necesidad imperiosa de dar rienda suelta a la cólera que los acontecimientos le producen y apenas cierra tras él la puerta prorrumpe en una sonora interjección y arroja con furia su bastón de mando, que va a rebotar estrepitosamente contra los mármoles de la chimenea.

Un personaje que discretamente disimulado en la penumbra de uno de los ángulos del salón ha podido presenciar la elocuente escena se adelanta para saludarle al mismo tiempo que comenta sonriente:

—Con un hombre que a su edad tiene tales energías no se puede perder Madrid. Me permito felicitarle, general.

Es el Embajador de Su Majestad Británica.

CAPÍTULO IX

UNA TRINCHERA

DE UN MILLÓN DE SERES INERMES

AQUEL mismo día 17 de noviembre sufrió Madrid el bombardeo aéreo más terrible que se había conocido hasta entonces. Más de un centenar de edificios destruidos o incendiados. Cuatrocientos muertos. Novecientos heridos. El mando rebelde creyó que si a las vacilaciones del frente se unía la desmoralización fulminante de la retaguardia aterrorizada el triunfo era seguro. Pura táctica de guerra total. Se equivocaron los rebeldes. Este fue el segundo error cometido por Franco ante Madrid.

El vecindario madrileño soportó la dura prueba con un estoicismo y una serenidad insospechables. Empezaron los bombardeos al apuntar el día. A las diez de la noche hicieron los trimotores rebeldes su última incursión, en la que arrojaron principalmente bombas incendiarias: aquella noche ardió Madrid por los cuatro costados. Sucumbieron el palacio del duque de Alba, la Diputación Provincial, el Teatro Cervantes, el Cine de la Ópera, el hotel Savoy, el mercado del Carmen y en total más de un centenar de edificios sitos en las calles de Fuencarral, Desengaño, Carrera de San Jerónimo, Alcalá, Avenida del Conde de Peñalver, Caballero de Gracia, Montera, Preciados, Mayor y otras muchas de las barriadas de Vallecas, Cuatro Caminos y Tetuán. En la Puerta del Sol una bomba hundió el pavimento y dejó al descubierto el túnel del Metro. La mortandad fue horrible, el daño material incalculable. El efecto moral, nulo. La teoría de la guerra total falló en Madrid aquella noche.

Un millón de personas no combatientes sintió la guerra llegar hasta sus hogares. La alcoba más escondida fue como la trinchera más avanzada del frente. Refugiados en los sótanos, millares de seres inermes fueron sometidos a la dura prueba que antes se reservaba al arrojo y al heroísmo de los guerreros. Madrid era una inmensa trinchera ocupada por tiernas criaturas, débiles mujeres e inofensivos ancianos que un enemigo implacable batía furiosamente. En los sótanos de los grandes y sólidos edificios del centro se apiñaba para resguardarse del bombardeo constante una inmensa muchedumbre sobrecogida por el terror; solo en los sótanos del edificio de la Compañía Telefónica, el más alto de Madrid, estuvieron refugiados durante toda la madrugada más de seiscientas personas. Los vecinos de las casas humildes de dos o tres pisos a lo sumo, que las bombas podían perforar hasta los cimientos, se apelotonaban como borregos en la planta baja de cada casa impulsados únicamente por ese instinto animal que junta a los rebaños en los momentos de peligro.

Fue tan intenso el bombardeo que llegó un momento en el que los madrileños ante la magnitud del estrago permanecieron impasibles. Ensordecidos por las tremendas explosiones y alucinados por las llamaradas de los incendios, presenciaban la catástrofe con ojos atónitos. Si echaban agua para sofocar el fuego producido por las bombas incendiarias veían estupefactos que las llamas crecían con el agua por la naturaleza, para ellos desconocida, de la materia que provocaba la combustión. Si se metían en los refugios corrían el peligro de quedar sepultados por las explosiones de bombas enormes que hundían totalmente los edificios. Entre el estruendo de las bombas, el resplandor de los incendios innumerables, el grito herido de las sirenas de alarma y el tañido siniestro de la campana de las ambulancias, Madrid vivió una noche apocalíptica. Los incendios, como antorchas gigantescas, teñían el cielo con un resplandor rojizo. Desde las alturas próximas a Madrid, donde tenían sus avanzadas, los rebeldes pudieron contemplar a placer el espectáculo terrible que su furia había provocado.

El alba lívida del día siguiente alumbró un Madrid espectral, silencioso, poblado de seres inmovilizados por el terror que contemplaban fríamente el estrago. Las negras humaredas de los incendios subían derechas al cielo cubierto de nubes plomizas. El frío helaba el agua arrojada sobre los incendios que hacía grandes charcos en las calles. Sentadas al borde de la acera, con la mejilla entre las palmas de las manos, las pobres gentes que se habían quedado sin hogar permanecían insensibles ya al dolor y a la inclemencia. Nadie se quejaba. Nadie hería con sus gritos de desesperación el trágico amanecer silencioso. Frente a los ingentes montones de escombros humeantes unos espectros macilentos vagaban con los ojos desorbitados buscando sin esperanzas ya al ser querido que allí había quedado sepultado. Solo las campanas estridentes de las ambulancias que seguían trasegando heridos osaban romper el silencio glacial de aquel amanecer pavoroso, ¡cuatrocientos muertos! Por la tarde, los cortejos fúnebres cruzaban a pie las calles detrás de unas parihuelas en las que los pliegues de una sábana dejaban adivinar el perfil aguzado del cadáver. Se habían acabado los ataúdes y los hombres volvían a la tierra envueltos en un sudario.

LA VIDA CONTINÚA

PERO la vida vuelve por sus derechos apenas pasada la terrible prueba y el vecindario madrileño recobra pronto su buen ánimo. Diríase incluso que a raíz de una de estas hecatombes la vitalidad de los supervivientes se exacerba. Hay, en efecto, una alegría en las caras de los transeúntes que dejan traslucir el júbilo inmenso que sienten por estar aún vivos. «¡Alegrémonos —parece que dicen—; todo lo que vivamos de aquí en adelante será de añadidura!». Las mismas gentes cuyas casas han quedado destruidas por las bombas o los incendios no recatan su júbilo diciéndose: «¡No importa! ¡Estamos vivos! ¡Ya tendremos otra casa!». Solo los que han perdido algún ser amado lloran silenciosamente entre los montones de escombros.

En las calles se amontonan los muebles y las ropas salvados del fuego y los derrumbamientos. Hay que prohibir el tránsito de vehículos por muchas calles en las que las casas heridas por las explosiones amenazan derrumbarse a la menor vibración. Cerca del Ministerio de Hacienda el fuego consume lentamente una manzana de diez casas en una de las cuales había unos grandes depósitos de productos farmacéuticos.

Pera la vida recobra pronto su ritmo normal. Después de aquella terrible noche nada podrá ya sobrecoger el ánimo de los madrileños. Los cañonazos caen todas las tardes de tres a cinco sobre el centro de Madrid. Las balas perdidas que llegan de la Moncloa y la Ciudad Universitaria han matado a más de un transeúnte en la misma Gran Vía y alguna vez, una pobre mujer ha sido víctima del plomo que entraba por la ventanita de su cocina.

El lejano estrépito de la fusilería, las ametralladoras y los morteros llega confusamente desde el frente hasta el centro de Madrid, cuyos habitantes se acostumbran al fin a aquel ruido lejano   que sirve de acompañamiento a sus quehaceres domésticos. En la distancia, el estruendo del frente es un sordo rumor que recuerda el manso ruido del puchero puesto a hervir a la lumbre del hogar. «La olla», lo llaman los madrileños. El confuso bordoneo del puchero en ebullición, lo que Dickens llamaba «El grillo del hogar», ha sido sustituido para los madrileños por ese acompañamiento constante de miles de detonaciones que en la distancia se funden en un monótono gorgoteo.

Los bombardeos aéreos continúan, pero ya el vecindario de Madrid se ha acostumbrado a ellos, los acepta como algo fatal e incluso se atreve a comentarlos con buen humor. Ordinariamente vienen a bombardear tres trimotores, grandes, panzudos y pintados de negro. Los madrileños ya los conocen y les han dado el remoquete de «Las tres viudas». Al avión que habitualmente bombardea Madrid al amanecer le llaman «El churrero». Para mantener el estado de alarma constante en la población civil el mando rebelde ha dispuesto que durante toda la noche se vayan relevando los aviones que por turno bombardean Madrid sin interrupción. Como los madrileños ven que apenas se va un avión viene otro, han deducido que se trata de dos aparatos que alternan en la terrible tarea y les ha bautizado con los nombres de «Otto» y «Fritz», dos protagonistas de todos los chascarrillos alemanes. Siguiendo sus evoluciones comentan resignados: «Ya se ha marchado Otto; ahora vendrá Fritz».

Cada vez impresionan menos los bombardeos aéreos. Cuando suenan las sirenas de alarma la gente no se precipita ya para meterse en los refugios. Si alguno corre asustado no falta nunca un ciudadano «consciente» que se lo reproche como una debilidad: «No corras tanto, hombre. Si no pasa nada. Si a lo mejor son aviones nuestros».

Siempre que aparecen aviones en el cielo de Madrid hay grupos de madrileños que se quedan en las esquinas siguiendo con la vista sus evoluciones con la esperanza de que sean de la República y no de los franquistas.

—¡Son nuestros, son nuestros! —grita entusiasmado un optimista.

—¡Qué van a ser nuestros, si son seis!

—¿Es que no tenemos nosotros seis aviones?

—¡Qué te crees tú eso!

La primera explosión corta la disputa.

—¡No eran nuestros! —dice desconcertado el optimista. Pero reponiéndose acto seguido sujeta por el brazo a su amigo que ya corre hacia el refugio y todavía se atreve a decirle:

—¡Espera! Verás cómo ahora salen nuestros cazas a perseguirles.

Y este optimista incorregible que es el ciudadano madrileño se queda plantado en el centro de la calle esperando inútilmente a que aparezca en el cielo de Madrid una escuadrilla republicana. Que no aparece.

Las víctimas de estas imprudencias son muchas y el general Miaja tiene que dictar un bando por el que se obliga al vecindario a meterse en los refugios tan pronto como suenen las campanas de alarma. Pero lo cierto es que ni siquiera el mismo general Miaja cumple sus propias prescripciones. En la tarde del mismo día 17 se hallaba presidiendo la reunión de la Junta de Defensa en el piso alto del Ministerio cuando los aviones rebeldes bombardeaban Madrid. Una de las bombas cayó en un patio interior del Ministerio y la voz de Miaja que había quedado cortada por el estruendo de la explosión continuó oyéndose en el mismo tono unos segundos después mientras los miembros de la Junta se rebullían inquietos en sus sillones que no se atrevían a abandonar. Las bombas de los rebeldes iban contorneando el edificio mientras Miaja seguía impertérrito su peroración. Fue preciso que el teniente coronel Rojo entrase en el salón a exigir al general Miaja el estricto cumplimiento de las disposiciones dictadas para los casos de bombardeo. Al pasar de su despacho a los sótanos vio el general a uno de sus ordenanzas que permanecía en el portal al descubierto y se puso a amonestarle furioso por la misma falta que él estaba cometiendo.

Las ordenanzas preventivas eran inútiles. Un día la aviación republicana presentó batalla a los aviones rebeldes y en el cielo de Madrid se desarrolló ante los ojos de millares de espectadores el combate aéreo más importante que hasta entonces había habido en el mundo. Setenta y dos aviones tomaron parte en aquel encuentro que desde las calles, las plazas y las azoteas presenciaban los madrileños a despecho de las ráfagas de plomo de las ametralladoras que hasta ellos llegaban.

Los bombardeos aéreos del casco de Madrid llegaron a ser un hecho normal y cotidiano. Alguna vez las bombas caían sobre los hospitales o las embajadas y entonces se alzaba en el mundo un vago rumor de protesta que acallaba pronto. Y la matanza de seres inocentes continuaba un día y otro…

QUE ME COJA EL TORO»

AQUEL noviembre en el que Miaja tuvo que ir al frente a contener pistola en mano a los que huían y cuando los rebeldes volcaban sobre Madrid toneladas de explosivos y bombas incendiarias, el Gobierno de Valencia, celoso de su autoridad, insistía una vez más en que el general abandonase la capital y fuese a comparecer ante el señor Largo Caballero para rendirle cuentas de su actuación.

Miaja se excusaba diciendo por el teletipo: «Acabo de llegar del frente, donde he resultado ligeramente herido y donde han perecido varios hombres de mi escolta, pues la situación era gravísima. Me es imposible salir de Madrid en estos momentos».

Pero como su lealtad al Gobierno de la República no le permite negarse en redondo al cumplimiento de las órdenes que se le dan, por erróneas y perjudiciales que le parezcan, dos días después marcha al aeródromo dispuesto a trasladarse a Valencia. Por orden del Gobierno se pone a su disposición un trimotor cuya velocidad no excede de los ciento cincuenta kilómetros por hora. Miaja se niega a trasladarse en tal aparato y comunica a Largo Caballero, siempre por medio del teletipo:

«He estado en el aeródromo para trasladarme a Valencia, pero el aparato que me destinaban no estaba en condiciones para hacer el viaje con alguna seguridad. No obstante he visto salir a un jefe de aviación en un aparato rapidísimo. Tengo que comunicar a Vuecencia que no voy en esas condiciones».

Y, castizamente, agrega:

«A menos que quieran ustedes que me coja el toro».

CAPÍTULO X

NO tarda en producirse otro acalorado encuentro entre Miaja y Largo Caballero. El Presidente del Gobierno ordena que tres brigadas y cierto número de baterías sean retiradas de la defensa de Madrid y se unan al Ejército del Centro bajo el mando del General Pozas, quien va a iniciar una ofensiva en la provincia de Toledo.

«¡Imposible!», exclama Miaja. «¡Sería lo mismo que entregar la capital al enemigo!».

Hay una pausa momentánea, y entonces Largo Caballero continúa: «Se ha decidido seguir un plan que hará posible que usted prescinda de esos hombres y materiales. Vamos a llevar a cabo una diversión estratégica. La ofensiva del General Pozas obligará al enemigo a retirar tropas de su frente».

Llega el día en que, con las defensas notablemente mermadas, Miaja solo tiene en la reserva a 100 milicianos. Caballero aspira a ser el libertador de Madrid —aunque desde fuera— y sus órdenes han sido imperativas.

El Ejército del Centro, bajo el mando de Pozas, inicia la ofensiva en la zona de Toledo. Pozas, sin embargo, no logra alcanzar sus objetivos. De manera que el enemigo no se ve forzado a retirar tropas del frente de Madrid tal como se había previsto, y se pierden varias importantes posiciones en las proximidades de la capital. A pesar de todo, Miaja, aun con su ejército mermado, logra hacer milagros, y el propio Pozas le muestra en mensajes su admiración.

«Hoy sus hombres han huido como cobardes. ¿Dónde están los valerosos soldados de los que tanto he oído hablar? ¿Dónde están los héroes de la Columna Durruti?». Miaja, enfurecido y en un tono lleno de desprecio, escupe estas palabras al temido líder anarquista Buenaventura Durruti, obligándolo a enfrentarse al hecho de que sus hombres se han retirado de posiciones estratégicas en el sector de la Ciudad Universitaria.

Durruti es de todos los anarquistas españoles el que posee más alta reputación. Aun así, permanece avergonzado y confuso mientras Miaja se pasea de un lado a otro por su oficina y ruge: «¿Eso es todo lo que los hombres de la FAI saben hacer como soldados?».

Durruti intenta defender a sus hombres y responde entre dientes: «No son unos cobardes. La lucha en la Ciudad Universitaria ha sido atroz. Nunca se había visto nada parecido en el frente catalán».

«¡Antes que retirarse tendrían todos que haber muerto!», Miaja vuelve a rugir. «¡Sigo diciendo que sus hombres han sido unos cobardes!».

Hay un destello de ira en los ojos de Durruti al responder: «Mañana mis hombres demostrarán de lo que están hechos». «Muy bien», dice Miaja, «¿me garantiza entonces personalmente que mañana se mantendrán firmes en la batalla?». «Se lo garantizo». Un apretón de manos que equivale a un desafío pone fin a la entrevista.

A la mañana siguiente, la columna de Durruti contraataca furiosamente en el sector de la Ciudad Universitaria. Los rebeldes defienden las posiciones que acaban de ganar con un fuego devastador y los anarquistas caen en gran número. Durruti se dirige rápidamente a la primera línea de fuego, donde se coloca a la cabeza de sus hombres animándolos al grito de «Viva la FAI».

De repente, se lleva la mano al pecho. Una bala le ha atravesado el corazón. Es trasladado a la retaguardia y llevado en una camilla al Ministerio de la Guerra.

Miaja lo ve y recuerda sus últimas palabras, pues el apasionado anarquista ha muerto con la misma expresión desafiante con la que respondió: «Sí, se lo garantizo».

Miaja está furioso. Ha sido objeto de la burla y el desprecio de los rebeldes. Queipo de Llano, el famoso general radiofónico de Radio Sevilla, sabe que Miaja es sensible en cuanto concierne a su honor profesional. Y este se burla de la heroica defensa de Miaja en sus discursos.

Miaja cae en la trampa. Su natural es demasiado franco como para saber afrontar estos ataques, y en sus propias emisiones radiofónicas reconoce los méritos del enemigo.

«Estamos siendo atacados», dice un día, «por un ejército profesional extraordinariamente organizado a las órdenes, entre otros, de Varela, Yagüe, Castejón, Telia y Monasterio, quienes constituyen la élite del antiguo Ejército Regular».

Queipo de Llano inmediatamente responde: «Miaja sabe quiénes son los hombres a los que se enfrenta... y por eso los teme. Incluso cuando habla en la radio podemos oír cómo le tiembla la voz».

De nuevo Miaja comete un error garrafal. Se apresura a emitir una respuesta a De Llano diciendo: «Apelo a mis colegas oficiales, que ahora son mis adversarios, para que con sinceridad digan lo que piensan de mí. Las emisoras de radio rebeldes han dicho que tengo miedo y que mi temor es perceptible en mis emisiones. Todos los generales rebeldes saben que no soy un cobarde y yo les pido que lo digan ahora».

Este candor infantil es quizá uno de los rasgos más admirables de Miaja.

Por el momento, el frente se ha estabilizado. Los improvisados parapetos se han convertido en auténticas fortalezas. La sórdida y horripilante guerra de galerías y minas, la guerra soterrada, ha comenzado. «Podemos defender Madrid durante más de un año igual que lo hemos defendido en las últimas semanas», explica Miaja a un grupo de periodistas extranjeros.

Ellos no creen que hable en serio, pues nadie excepto Miaja ha pensado nunca, en realidad, que las defensas pudieran resistir un mes tras otro. El enemigo intensifica los bombardeos. Cada tarde, entre las tres y las cinco, su artillería causa estragos en las calles del centro.

Cuando alguien menciona el horror de los bombardeos, Miaja responde: «Es una buena señal, pues demuestra la impotencia del enemigo».

A pesar de sus veinte horas diarias de trabajo, Miaja tiene un momento de paz. Contempla Madrid desde su balcón, y la ciudad, que se extiende ante él envuelta en la neblina de diciembre, parece desierta. Pero la presencia del ejército que constantemente rodea la capital, aguardando el momento del ataque definitivo, obliga a la mente de Miaja a volver a la realidad. El coste de su defensa ha sido hasta el momento de treinta mil hombres. Y Miaja, recorriendo con la vista la ciudad, murmura: «No perderé Madrid. Ya he pagado un precio demasiado alto por su libertad».

CAPÍTULO XI

LA EVACUACIÓN, EL TERROR ROJO

Y EL DERECHO DE ASILO

A seis metros bajo tierra las bóvedas rezuman humedad y sobre la pintura blanca y reciente se marcan pronto los chorreones negros de las filtraciones. Ha sido necesario colocar un zócalo de hule rojo de dos metros de altura cubriendo los gruesos muros. El aire, que huele a humedad, a desinfectante y a humo de tabaco, va y viene empujado morosamente por unos pequeños ventiladores que lo llevan de la antesala al despacho y del despacho a la alcoba en capas densas que se desplazan con absoluta regularidad. Cada olor, cada colonia de bacilos, conoce ya su itinerario normal en este espacio de unos centenares de metros cúbicos excavado en los cimientos del viejo caserón construido en la calle de Alcalá por Carlos III. Estamos en la residencia del general Miaja.

Como los aviones enemigos, ayudados por la artillería, han emprendido pacientemente la tarea de destruir Madrid poquito a poco, ha sido necesario buscar un refugio seguro para el Estado Mayor del Ejército y para el general Miaja, que desde el cinco de diciembre quedan instalados en estos sótanos del Ministerio de Hacienda, de los que se han desalojado unos archivos que ya nadie podrá consultar jamás.

La residencia del general Miaja es una pieza poco más grande que la celda de cualquier prisión separada de otra celda que le sirve de alcoba por una cortina de terciopelo rojo. Se entra por una puertecita estrecha forrada de gutapercha roja también, que da a una antesala de dos metros y medio de lado en la que trabaja una mecanógrafa a las órdenes del secretario del general. Unos divanes para los visitantes, una mesita con dos teléfonos, el de la red urbana y el de la red militar, y una estufa eléctrica. Esto es todo.

El despacho de Miaja lo forman una mesa sencilla de roble y una silla pegada a la pared donde el general se sienta a trabajar; a la derecha, dos grandes butacones y dos sillas de cuero claveteado. En un testero cuelga un cuadro de Romero de Torres que representa, claro es, una mujer morena. A un lado del cuadro, en el rincón, hay una bandera tomada a los rebeldes y en el otro, olvidado seguramente, un aparato eléctrico incongruente que nadie sabe por qué está allí ni quién lo ha llevado. Una vista panorámica de la Ciudad Universitaria, un mapa de la provincia de Madrid junto con un retrato de Fermín Galán y otro de Buenaventura Durruti completan el decorado de la pieza. Sobre la mesa de Miaja hay una carpeta muy usada y un tríptico fotográfico en el que aparecen la esposa del general y sus hijos. No hay más en la pieza.

Detrás de lo cortina roja está la alcoba; una cama de tubo de acero, una mesilla de noche, una lámpara con una pantalla verde que, se ponga como se ponga, molesta a la vista; unos baúles, un armario de luna pequeña, una nevera y, separados por otra cortina, el lavabo y la bañera de zinc. Preso en estas cuatro paredes, sin ver jamás la luz del sol y sin respirar otro aire, ha de permanecer el general Miaja durante año y medio.

La modestia y la incomodidad de esta instalación del general contrasta con el pueril afán de grandezas que ha llevado a los más secundarios personajes de la República a instalarse en suntuosas residencias. Los jóvenes revolucionarios de la Junta de Defensa se han aposentado en el soberbio palacio del infante don Carlos, que era últimamente residencia del financiero don Juan March.

Al viejo y curtido militar que es Miaja le basta con estas cuatro paredes. El espacio es tan reducido que las comisiones que van a visitarle, a poco numerosas que sean, tienen que dejar la mitad de sus miembros en la antesala alargando el cuello desesperadamente para poder ver al general.

Aquí se reúne, sin embargo, la Junta de Defensa con sus nueve miembros, el secretario, dos taquígrafos, el general Cardenal y el teniente coronel Rojo, que son quienes de ordinario acompañan a Miaja.

Sentado ante su mesa de trabajo y esgrimiendo una campanilla que apenas se oye preside Miaja las tumultuosas sesiones de la Junta. Los fogosos y juveniles revolucionarios que la forman se exaltan con la discusión mientras Miaja, de bruces sobre su vieja carpeta, les escucha paciente y sosegadamente. Cuando el orador grita ya de una manera desaforada, Miaja agita por pura fórmula su minúscula campanilla. Alguna vez, uno de los delegados de las Juventudes Libertarias se ha lanzado a una furiosa y provocadora peroración. Miaja, prudente, le ordena «¡Cállate!». El orador sigue gritando y los miembros de la Junta, irritados, están a punto de acometerse. Miaja repite conciliador: «¡Cállate! ¡Cállate!». Llega un momento en que la colisión es inminente; alguno de los delegados echa mano a su pistola. Miaja, sin levantarse de su silla, con ademán reposado y firme alza el brazo empuñando la campanilla y amenazando con ella la cabeza del provocador le dice con voz tonante:

—¡Te callas o te doy!

Hay un momento de estupor. La querella que amenazaba zanjarse a tiro limpio queda reducida a una mera reprimenda. El ademán del viejo general es tan natural, tan sereno, y reduce el incidente a tan mínimas proporciones que todos advierten la insensatez de la propia exaltación e incluso el orador que estaba a punto de provocar una tragedia balbucea unas torpes excusas:

—¡Si se pone usted de ese modo!

—¡No consiento tonterías! —replica Miaja imperturbable—. ¡Adelante!

El verbo de la mayoría de los delegados no se presta a circunloquios académicos. Hay alguno que no sabe hablar si no es vomitando injurias y blasfemias. Miaja le reprende severo:

—¡Aquí no se habla así!

—Es mi manera de hablar —replica malhumorado el orador.

—Pues te marchas de aquí y te estás en el pasillo hasta que hayas aprendido a hablar como las personas —le dice Miaja con un tono autoritario de dómine que no tiene réplica. En realidad Miaja tiene frente a los muchachos de la Junta de Defensa el aire de un maestro de escuela bonachón de ordinario, pero al que es peligroso irritar. El espíritu zumbón de los madrileños percibe bien este matiz y llama a la Junta de Defensa y a su presidente «la guardería infantil».

Alguna vez un delegado rebelde ha querido amedrentar a la Junta imponiéndose con amenazas:

—Lo que yo exijo —dice— se hará por las buenas o por las malas. ¡Ah! —replica Miaja levantándose a su vez con ademán colérico—. ¡Si es por eso, si se trata de riñones, no se te olvide que aquí los primeros son los míos! ¿Te enteras?

EL ÉXODO

¡LOS camiones! ¡Los camiones!

El grito de alarma corre por todas las callejuelas de la barriada soliviantando a las vecinas, que abandonan a toda prisa sus hogares llevándose a rastras a sus hijuelos ¿A dónde van? Al campo. Huyen al campo a esconderse en los desmontes próximos o en la Dehesa de la Villa porque no quieren caer en manos de los agentes de evacuación que en vista de la resistencia desesperada del vecindario madrileño a abandonar Madrid van a los barrios populares con unos camiones en los que de grado o por fuerza meten a todas las personas cuya presencia en la capital asediada no es necesaria. Los agentes de evacuación van casa por casa obligando a las vecinas a hacer precipitadamente sus míseros petates y a subir a los camiones que las transportan a la región de Valencia. Las escenas que se desarrollan son penosísimas. Nadie se quiere marchar. Sobre todo, los viejos. No hay manera de hacerles abandonar sus hogares.

—¡Pero abuela, si va usted a morir aplastada por una bomba!

—¡Qué me aplaste! ¡Yo no me voy de mi casa!

—¡Si en Madrid no hay que comer!

—¡Me moriré de hambre!

En esto es en lo único que el vecindario madrileño se pone enfrente del general Miaja. Todos los esfuerzos son inútiles. Se da el caso de que huyendo de los camiones de la evacuación hay vecinos que se refugian en la zona de guerra, donde en cualquier instante una bala perdida puede matarlos.

Se hace una gran propaganda de la evacuación, se colocan carteles en todas las calles, se amenaza incluso con no suministrar víveres a las personas que no justifiquen la necesidad de permanecer en Madrid. Inútil. Cada día hay más gente. Porque si bien es verdad que poco a poco la falta de víveres obliga a muchos madrileños a marcharse, por cada madrileño que se va vienen a instalarse en Madrid dos vecinos de los pueblos próximos.

Al día siguiente de cada gran bombardeo se intensifica algo la evacuación. Las escenas que se desarrollan al partir los camiones que llevan a los evacuados a Levante son tristísimas. El que se queda llora por el que se va considerando que la mayor de las desgracias es la del que va a verse rodando por el mundo expulsado de su hogar. El que se marcha recomienda a sus deudos que no abandonen su mísero menaje. Hay advertencias curiosísimas. Una madre, al despedirse de su hija, le dice seriamente:

—¡Y, sobre todo, ten mucho cuidado con los obuses! ¡Tú eres tan distraída!

MIAJA ACABA CON EL TERROR ROJO

¡**HAY** que acabar con los asesinatos!

Esta fue la obsesión de Miaja desde el primer día. En la primera reunión de la Junta de Defensa planteó ya claramente su firme propósito:

«¡Poco he de poder si no acabo con esa canalla!».

La empresa no era fácil. La impotencia del Gobierno ante las masas armadas que hicieron frente a la rebelión militar había permitido que se formasen unas cuadrillas de asesinos que, sin ningún control, por sí y ante sí, crearon un régimen de terror que estuvo a punto de ahogar en sangre a la República. Millares de personas, inocentes en su mayoría, fueron vilmente asesinadas. Lo que fue el «terror rojo» en Madrid causó espanto al mundo civilizado. El Gobierno de la República no supo impedir aquella monstruosidad y la disculpa de que la sublevación militar le había privado del instrumento indispensable para la represión no será nunca bastante para indultarle de la responsabilidad tremenda que entonces contrajo.

Cuando Miaja se hizo cargo de la defensa de Madrid los asesinatos continuaban. Las escuadrillas de asesinos seguían sacando a la gente de sus casas y llevándosela a los alrededores de Madrid para darles muerte. Miaja dispuso que se vigilaran las salidas de la capital por fuerzas de toda confianza; se quitaron las llaves de las casas a los vigilantes nocturnos; se prohibió practicar registros y detenciones durante la noche. Todo inútil. Los asesinatos continuaban.

Los asesinos se habían provisto de insignias de la Policía y de autorizaciones en regla. Se llegó a la convicción de que obedeciendo a secretas instrucciones de las centrales sindicales, arrastrados por sus propios impulsos homicidas o movidos solo por el afán de, lucro y rapiña, eran los mismos que se titulaban agentes de la autoridad quienes cometían aquellos crímenes a espaldas de sus jefes naturales.

Miaja tuvo que montar un servicio especial para vigilar precisamente a los que se titulaban agentes de vigilancia. Llegó incluso a establecer un control de los servicios que prestaban, hora por hora, los grupos armados que se hallaban aparentemente a las órdenes del gobierno de la República, pero que en realidad utilizaban sus carnets e insignias de policías como patentes de corso.

Milicianos desertores del frente, pistoleros profesionales, agentes provocadores y criminales de toda laya asesinaban a favor de la impunidad más absoluta por pura venganza personal, para despojar a sus víctimas de las joyas y el dinero que tuvieran o por delaciones infames de simples resentidos y de revolucionarios delirantes. Apoyándose en un pequeño núcleo de agentes de confianza empieza Miaja a practicar detenciones. En algunas ocasiones hay choques y tiroteos entre dos grupos de agentes. Se fusila en el acto a varios asesinos y al fin, «los paseos», la horrible lacra de la República, comienzan a decrecer.

Todavía hay algunos. Miaja, cuando por la mañana recibe la comunicación de que ha aparecido un nuevo cadáver, enrojece de ira y de vergüenza.

—¡Extirparé a esa canalla o me asesinarán a mí! —exclama.

Por fin, el día cinco de diciembre, a las cuatro semanas de haberse hecho cargo del Poder, el viejo general recibe el primer parte de la Policía en el que figuran las dos palabras que le permiten alzar con orgullo la frente: «Sin novedad».

Aquél es el primer día en que no aparece ni un solo cadáver en las calles o los alrededores de Madrid. El «terror rojo» ha terminado.

EL PROBLEMA DE LOS REFUGIADOS

EL problema de los refugiados en las embajadas, legaciones y consulados de Madrid fue uno de los más graves que tuvo que resolver Miaja. No le acompañó el acierto. Le faltó tacto. Miaja es lo que menos se parece a un diplomático y la difícil casuística diplomática es acaso lo que menos puede comprender.

Los innumerables crímenes cometidos en Madrid por las bandas de asesinos que se enseñorearon de la capital a raíz de la sublevación, hicieron que millares de personas que temían por sus vidas buscasen refugio bajo pabellones extranjeros. El legendario derecho de asilo les fue otorgado ampliamente a todos y por un impulso humanitario los encargados de misión ensancharon los límites de los derechos de extraterritorialidad acogiendo bajo su protección a millares de españoles sin preguntarles si eran o no beligerantes, sin meterse a averiguar la índole de sus actividades, pensando solo que eran vidas que arrancaban a las garras de los asesinos que pululaban por Madrid.

Unos catorce mil llegaron a ser los refugiados que hubo en los edificios de las representaciones diplomáticas extranjeras. Para albergar tal cantidad de refugiados no bastaban las embajadas, las legaciones y los consulados y cada país incorporó a los derechos de extraterritorialidad varios inmuebles en los que vivían, pagando sus pensiones como en un hotel centenares y centenares de españoles.

El humanitario impulso de los representantes diplomáticos extranjeros se prestaba, sin embargo, a no pocas corruptelas y abusos que no se hubiesen producido si todas las naciones hubiesen mantenido estrictamente la no intervención en la guerra civil española y si la sublevación militar no hubiese estallado en ocasión en que casi todos los embajadores acreditados se hallaban ausentes de Madrid, lo que dio lugar a que un personal subalterno y poco idóneo tuviese con los refugiados complacencias inadmisibles en toda guerra.

Las embajadas de Alemania e Italia, convertidas en verdaderos arsenales, eran el acuartelamiento inexpugnable de la famosa «Quinta Columna» con la que contaba el general Mola para la victoria de Madrid. Cuando Alemania e Italia reconocieron al Gobierno de Burgos se encontró en las embajadas de estos países grandes depósitos de bombas, fusiles, ametralladoras, pistolas y municiones.

Miaja estaba informado minuciosamente de la actividad subversiva de los refugiados; conocía su organización de espionaje; sabía que habían constituido unas cooperativas de abastecimiento que en realidad no eran más que organizaciones de enlace con el mando rebelde; estaba al tanto del tráfico clandestino de armamento que venían haciendo; no ignoraba que disponían de emisoras de radio clandestinas que por onda extracorta transmitían los informes y las consignas rebeldes; sabía que impunemente iban haciendo el sumario que iba a servir de base para las futuras represalias y estaba al tanto incluso de que por las medianerías de las casas lindantes con los refugios se hallaban los refugiados en comunicación con sus agentes del exterior que difundían por Madrid las consignas rebeldes y hacían una intensa campaña derrotista.

Todo esto le ponía furioso y le hacía revolverse contra los representantes diplomáticos que lo favorecían, de cuyos humanitarios sentimientos abusaban los facciosos. Miaja no era más que el jefe de un ejército en lucha desesperada contra un enemigo que no vacilaba en utilizar el arma desleal que las circunstancias le brindaban.

Desde un punto de vista exclusivo de jefe militar nadie hubiera sido más transigente de lo que Miaja fue. Brusco, grosero a veces con los representantes diplomáticos que atentos a su humanitaria misión olvidaban fácilmente el primer deber de Miaja, que era el de defender Madrid, no hizo, sin embargo, nada contrario al derecho de gentes y en cambio facilitó personalmente cuanto pudo la evacuación de aquellos millares de enemigos jurados que escudándose en la inmunidad diplomática conspiraban abiertamente contra la República.

—¡Qué se los lleven! —decía—. ¡Qué se vayan, sanos y salvos, a luchar lealmente al lado de los rebeldes; pero que no sigan aquí apuñalándonos por la espalda impunemente!

Él mismo facilitaba los camiones, los salvoconductos y las escoltas armadas para que las embajadas y legaciones condujesen hasta los puertos de Levante a sus refugiados. Millares de partidarios de Franco que después han tomado parte en la lucha como soldados ganaron así la zona rebelde. De los catorce mil refugiados ni uno solo era súbdito extranjero. Baste decir que hubo un momento en que el representante diplomático del minúsculo Principado de Mónaco tenía bajo su protección seiscientas personas. Podía creerse que el pueblo monegasco en masa se había trasladado a su legación de Madrid.

Había embajadas a las que Miaja tenía que facilitar diariamente hasta tres mil raciones de pan para «sus empleados». Esto, sin contar con los millares de ciudadanos españoles que circulaban por Madrid con falsos pasaportes extranjeros. Las buenas intenciones lo justificaban todo.

El abuso fue escandaloso. La humanitaria protección degeneró en vergonzoso tráfico. Pero si aquella anómala situación sirvió para salvar unos centenares de vidas basta con ello para disculpar todas las corruptelas. El mismo Miaja lo reconocía tácitamente cuando al firmar las autorizaciones para que salieran las caravanas de refugiados decía con tristeza:

—¡Si al menos hubiera habido en Andalucía y en Galicia embajadas que hubieran salvado las vidas de los miles y miles de republicanos que han sido asesinados porque para ellos no había «derecho de asilo»!

CAPÍTULO XII

GUERRA SUBTERRÁNEA Y CRUELDAD

EL mando rebelde se obstina durante todo el mes de diciembre en la misma maniobra que le fracasó al lanzarse al ataque inicial sobre Madrid, el siete de noviembre. Su obsesión sigue siendo el avance por el paseo de Ramón y Cajal para ganar la Cárcel Modelo y por el parque del Oeste hasta llegar al paseo de Rosales. Como punto de apoyo para esta operación siguen teniendo los facciosos el soberbio edificio del Hospital Clínico, del que se apoderaron el primer día de la ofensiva. Es una vasta y sólida construcción de ocho plantas, capaz para albergar dos mil enfermos, que se eleva en la parte más alta de una colina desde la que se domina toda la Ciudad Universitaria y la parte Oeste de Madrid.

Los rebeldes tienen, además, la Escuela de Agricultura, la Fundación del Amo, el Instituto Nacional de Higiene y las ruinas de la Casa de Velázquez. Estas posiciones forman una bolsa en la que los nacionales mantienen unos cinco mil hombres, que se avituallan y relevan por el pasillo abierto a través de la Ciudad Universitaria y por la pasarela tendida sobre el Manzanares, que los rojos no aciertan a cortar.

Firmes al Norte, en el edificio de la Facultad de Filosofía y Letras, cuyas aulas se han convertido en nidos de ametralladora y al Sur en la Moncloa, que con su espeso arbolado es una defensa natural magnifica, los republicanos han conseguido estabilizar el frente en estas posiciones y durante semanas y semanas se lucha en los mismos lugares. Un avance de cincuenta metros cuesta muchas horas de combate y centenares de vidas. Las frondosas ramas de los eucaliptus y los álamos de la Moncloa van siendo poco a poco desgajadas por la metralla; sobre el césped de las praderas donde antes jugaban los niños madrileños, se pudren al sol los cadáveres de los combatientes y el agua de los regatos se estanca, sucia de sangre; alrededor de las obras de fortificación que van cambiando la fisonomía de los apacibles jardines y de los campos de deporte. Cada día, las fortificaciones son más perfectas y llega el momento en que es absolutamente imposible hacer ninguna salida, lo mismo a unos que a otros. Las trincheras están tan cerca que los adversarios dialogan fácilmente, pero sin poder levantar jamás la cabeza por encima del parapeto, pues los fuegos cruzados de las ametralladoras barren día y noche las posiciones.

La guerra se hunde en el subsuelo y los hombres, convertidos en topos, comienzan los penosos trabajos de zapa, la lucha subterránea por medio de minas y contraminas. Los gubernamentales minan el terreno hasta llegar a los cimientos del Hospital Clínico, en los que provocan una gran explosión de dinamita, que ocasiona el derrumbamiento de una parte del edificio. Aprovechando la confusión y la alarma, avanzan los republicanos y consiguen instalarse en los ingentes montones de escombros que la explosión ha acumulado en la planta baja. Pero el edificio del Hospital Clínico es enorme y está construido sólidamente. Pasados los primeros momentos, los legionarios y los moros que lo defienden se rehacen y atacan furiosamente a los asaltantes desde los pisos superiores, en los que se atrincheran sólidamente. Empieza en los corredores y las escaleras del edificio una lucha feroz. Las fuerzas rebeldes, desde arriba, hacen un fuego mortífero sobre los rojos contenidos en la planta baja. Hay un momento en que a los asaltantes les es imposible seguir allí. El jefe de las fuerzas leales se pone en comunicación con el general Miaja.

—¡Nos es imposible mantenernos aquí! ¡Nos están asesinando desde arriba! —dice.

—¡Con su vida me responde usted de que la parte del Hospital Clínico que hemos ocupado no será abandonada, pase lo que pase! —es la respuesta de Miaja.

Y así es. Desde aquel montón de escombros que ya no se abandonará jamás, proseguirá durante muchos meses el ataque a los cimientos del gigantesco edificio, que fue alzado para aliviar los sufrimientos humanos y poco a poco se irá abatiendo sobre los hombres que hicieron de él una fortaleza y, al final, un panteón de la juventud española.

«NO INTERVENCIÓN»

MEDIADO el mes de diciembre, el enemigo, ante el fracaso de sus embestidas por la Ciudad Universitaria y la Moncloa inicia una maniobra más vasta, atacando desde la Casa de Campo hacia Humera y Pozuelo, para cortar las comunicaciones de Madrid con la sierra. La lucha en estos sectores es durísima.

Se advierte en el tiro de las baterías rebeldes una precisión una intensidad desacostumbradas, que delatan la presencia de los artilleros alemanes, comprobada más tarde. Las brigadas internacionales son concentradas en estos sectores. La oncena brigada, a las órdenes del general Kléber, y mandada por el comandante francés André Dethés, lucha desesperadamente.

La guerra civil empieza a colocarse fuera del marco de las posibilidades puramente españolas. Frente a los artilleros hitlerianos, los batallones de comunistas alemanes, franceses, polacos, yugoslavos y húngaros defienden palmo a palmo el terreno con aquella técnica perfecta del combate moderno, que aprendieron en Verdún. El comisario político de los batallones alemanes, Hans Beimler, antiguo diputado del Reichstag, cae en este sector con el puño en alto y gritando «¡Rot Front!». Mientras las escuadrillas de aviones italianos, piloteados por «voluntarios» ametrallan las trincheras republicanas, vienen a instalarse en estas mismas trincheras los antifascistas italianos del batallón Garibaldi.

La aviación libra en estos días grandes combates en los que a veces toman parte hasta un centenar de aviones. Los aparatos de caza de la URSS, rapidísimos, salen a cortar el camino a las escuadrillas de Junkers y Savoias. Han pasado ya los tiempos en que cuando se anunciaba un bombardeo el jefe de la aviación republicana daba solemnemente la orden de ataque: «¡Qué salga el caza!», decía enfáticamente. Y salía a defender Madrid un viejo aparato de caza que no había logrado nunca los doscientos por hora, acompañado de otro avión de turismo, que carecía de ametralladora y salía solo para producir «un cierto efecto moral».

Ahora se lucha lo mismo en la tierra que en el aire con los más potentes elementos. Rusia, Alemania e Italia atizan la hoguera de la guerra civil española. Las batallas que se desarrollan al avanzar los rebeldes en dirección a Pozuelo y Humera son terribles y en ellas se despliega un lujo de material moderno de combate ajeno en absoluto a las posibilidades españolas.

Se dispone de carros de asalto, aviones, artillería y armas automáticas en grandes cantidades. Se combate con todos los elementos y recursos de la técnica moderna. Las estaciones emisoras de radio se convierten en arma de primera línea, merced a los camiones con potentes altavoces, que llevan hasta las trincheras enemigas la voz desmoralizadora de la propaganda.

Un día, los radios franquistas proclaman *urbi et orbe*, que Humera y Pozuelo han caído, al fin, en poder de las tropas nacionalistas. Un grupo de periodistas adscritos al cuartel general de los rebeldes, creyendo auténtica la noticia, llega confiadamente en automóvil hasta las avanzadas republicanas de Humera y tomando por nacionalistas a los soldados que les dan el alto, exponen incautamente el objeto de su excursión:

—Somos periodistas y venimos a hacer información de la nueva victoria.

Los rojos, extrañados porque realmente en aquellos días no tienen muchas victorias que cantar, les preguntan de dónde vienen y qué periódicos son los que representan.

—Venimos de Zaragoza y somos del *Heraldo de Aragón*, periódico al servicio de España y del Caudillo.

—¡Arriba España! —dice orgullosamente el director del periódico, señor Casanova, que es uno de los expedicionarios.

—¡Ah! Pues vengan ustedes con nosotros, que vamos a informarles.

Fueron llevados al Cuartel General y de allí a la prisión donde habían de permanecer largos meses.

El caso no era insólito. La guerra de las ondas ha estado esparciendo constantemente noticias falsas, lo mismo del lado republicano que del nacionalista. Meses antes, una periodista roja, Lina Ódena, se presentó también en automóvil ante los centinelas fascistas de Granada, que, según los radios gubernamentales, se había reconquistado. Pero aquella infeliz muchacha fue fusilada en el acto.

«CANIS FAMILIARIS»

LOS perros son los primeros que cuando suenan las sirenas de alarma y zumban allá en lo alto los motores de los aviones, corren a meterse en las bocas del Metro. Su instinto les hace echar a correr hacia los refugios subterráneos, adelantándose a los humanos, con los que comparten el castigo de los bombardeos aéreos.

Madrid está lleno de perros abandonados por familias fugitivas. En el frente, en la tierra de nadie, los perros famélicos merodean en torno de los cadáveres abandonados, aullando desesperadamente, hasta que uno por uno los va abatiendo el fuego de la fusilería. En la ciudad, todavía no ha llegado la hora de que se hagan con ellos salchichas y los pobres canes buscan humildes y temerosos la protección de los hombres, juntándose a ellos con el rabo entre las patas y la mirada triste cada vez que ventean la inminencia de las terribles explosiones.

Los andenes del Metro están invadidos de continuo por una muchedumbre que hace de ellos su vivienda. Hasta en las escaleras hay gente que allí cocina, come y duerme. Como los bombardeos son más frecuentes durante la noche, apenas cae la tarde, empiezan a congregarse en los andenes del Metro centenares de familias provistas de mantas y almohadones, porque no se atreven a pasar la noche en sus hogares. Cada trozo del andén es disputado por una familia que, luego de haber pasado en él una noche, lo considera ya como de su propiedad particular.

Unos junto a otros, hacinados, duermen bajo las bóvedas del Metropolitano hombres, niños y mujeres. Los perros, que parecen penetrados de la gravedad de las circunstancias, andan silenciosos y comedidos, olisqueando cautamente por entre aquella muchedumbre dormida en el suelo y terminan enroscándose suavemente al lado del durmiente que más les gusta, de preferencia un niño.

Aquella promiscuidad en que viven centenares de familias es peligrosísima para la higiene pública y se hacen grandes esfuerzos para desalojar las estaciones del Metro, de las que muchos madrileños han hecho sus viviendas definitivas. Pero es difícil. La gente lo prefiere todo a tener que tirarse precipitadamente de la cama a media noche, para ir al refugio a medio vestir, tiritando y con la angustia de sentir ya las terribles explosiones de las bombas tronando sobre sus cabezas.

EL TERRIBLE CAUDILLO ROJO

MIAJA es, ante todo y sobre todo, lo que se llama un buen hombre. Podrá permanecer durante veinte horas diarias batallando furiosamente en aquel caos de pasiones e instintos que es la guerra civil y la revolución; pero en la hora veintiuna, cuando se encierra en aquella celda situada a seis metros bajo tierra que le sirve de alcoba y tendido en su humilde lecho, siente cómo se aflojan los resortes que le mantienen firme en la inhumana misión que le ha correspondido, surge en él, cálida y palpitante, la blanda humanidad, la ternura contenida, que, a pesar de su máscara terrible de caudillo rojo, le hace ser fundamentalmente un hombre bueno.

Tendido en el lecho, con los ojos clavados en la bóveda rezumante y en las paredes cubiertas de gutapercha roja de su celda, Miaja intenta evadirse del horror de la realidad circundante evocando el pasado feliz, pensando en los suyos, su familia, su hogar. ¿Qué habrá sido de ellos?

Al comenzar la guerra civil habían quedado allá en Marruecos, en la humilde casita penosamente construida gracias a las economías hechas por su mujer sobre la exigua paga. Los jefes rebeldes se apresuraron a comunicarle entonces como amenaza: «Su familia está en nuestro poder…». Creían que esta infame advertencia bastaría para apartarle del cumplimiento de su deber.

—¿Les maltratarán? —piensa Miaja angustiado. Prisioneros de los rebeldes en Melilla están su esposa, sus hijos Enrique, Emilio, Conchita, María Luisa y Teresa, más un nieto de dos años, su nodriza y su abuela. Otro hijo de Miaja, teniente de la Guardia de Asalto, está también prisionero de los rebeldes en Castilla. ¿Qué será de todos ellos?

Los ojos de Miaja, sin la protección de los gruesos cristales de sus gafas, se abrasan de lágrimas al imaginar los sufrimientos de su prole inocente. ¿Cómo podría consentir este hombre el martirio igual de los inocentes deudos de los rebeldes que se hallan en Madrid? Más de una noche, Miaja ha tenido que recurrir a los efectos de un somnífero para librarse de la punzante inquietud.

En la noche del 24 de diciembre le llaman desde Barcelona por teléfono y un consejero de la Generalidad le transmite la noticia que más podía alegrarle: «Su familia ha sido, al fin, canjeada y ha llegado a la zona francesa de Marruecos, donde se halla en libertad».

El júbilo hace tartamudear al viejo general, que no esperaba tanta ventura. Las gestiones para el canje se han llevado a cabo sin prevenir a Miaja. A cambio de la familia del defensor de Madrid, se ha entregado la del diputado tradicionalista don Federico Bau, que ocupa un alto cargo en el campo nacionalista.

—¡Esta sí que es Nochebuena! —exclama gozoso el general Miaja, que quiere hacer partícipe de su alegría a todo el que le rodea. Pide ansiosamente detalles y horas después recibe un telegrama de su propia esposa, contándole detalles del cautiverio que han padecido.

Han estado presos durante más de seis meses; los tenían encerrados en tres celdas, con una cama cada una; como eran nueve personas, tenían que dormir tres en cada cama. Las celdas estaban incomunicadas entre sí y solo por las ventanas que daban a un patio, podían verse los de una celda con los de las otras. A este régimen han estado sometidos durante medio año todos los miembros de la familia Miaja, incluso el nieto de dos años, que no ha podido cometer más delito que el de cabalgar sobre las rodillas de su abuelo. Los carceleros les maltrataban amenazaban constantemente. «Si los aviones rojos vienen a bombardear Melilla, os fusilaremos a todos en el acto», decían los falangistas a la hija menor del general.

Desde la zona francesa de Marruecos, la familia de Miaja es trasladada a Marsella. Entonces las radios facciosas dicen que es el propio general quien se encuentra en Marsella porque ha desertado…

Miaja, en su sótano del Ministerio de Hacienda, se ríe a carcajadas cuando se lo cuentan.

—Pude abandonar Madrid —dice— cuando el Gobierno dio la orden de retirada hacia Levante y no lo hice. Juré entonces no abandonar la capital, aunque tenga que perecer en ella. ¿Por qué iba a marcharme ahora, ya que no hay ningún peligro?

CAPÍTULO XIII

LAS LUCHAS ENTRE

ANARQUISTAS Y COMUNISTAS

MADRID se come al día dos mil quinientas toneladas de víveres. No produce ni una y de fuera no le llegan diariamente más que quinientas, porque todas las comunicaciones, menos las de Levante, están cortadas por el ejército nacionalista. No le queda libre para el tráfico más que la carretera, pues el ferrocarril de Valencia está también cortado por los franquistas, a siete kilómetros de la capital, en la estación de Villaverde. El millón de habitantes de Madrid empieza a pasar hambre.

Todavía hay algunas reservas de víveres, pero están bajo el control de las organizaciones sindicales, que las ocultan y se resisten a ponerlas a disposición del general Miaja, porque las quieren reservar para sus combatientes y afiliados. Como han sido los sindicatos los que han organizado autónomamente los batallones de milicianos, cada central sindical se preocupa únicamente de avituallar a las fuerzas que le son adictas, y para ello, valiéndose de los fusiles de sus mismos milicianos, se apodera violentamente de los víveres que encuentra a mano y los defiende luego como si fuesen de su exclusiva propiedad.

Entre la UGT y la CNT, es decir, entre marxistas y anarquistas, se entabla un verdadero pugilato por los víveres. La lucha política de estos dos núcleos revolucionarios se traspasa al terreno de la lucha por los abastecimientos.

Los camiones que vienen de Levante cargados de vituallas para Madrid son asaltados alternativamente por grupos de milicianos anarquistas o comunistas, que se incautan de ellos en beneficio de sus respectivas organizaciones. Esta operación de apoderarse de un camión cargado de víveres destinados al vecindario hambriento de Madrid y llevárselo a un sindicato, que en circunstancias normales se llamaría sencillamente robo a mano armada, se llama en la arbitraria y caótica terminología revolucionaria, «operación de control». ¡Los camiones «controlados», es decir, robados, son cada vez más numerosos y el pueblo de Madrid muere de hambre mientras los sindicatos acaparan las subsistencias!

Siguiendo el ejemplo de grandes centrales sindicales, los comités locales de los pueblos situados en el trayecto que han de seguir los convoyes de víveres, se apoderan también por la violencia, de los camiones, y cada vez llegan menos subsistencias a Madrid.

La Junta de Defensa intenta vanamente defender la comida de los madrileños contra estos salteadores de caminos. Se mandan fuerzas disciplinadas para proteger el paso de los convoyes por las carreteras, pero surgen inevitablemente los choquen sangrientos entre las milicias locales y las de la Junta de Defensa. Una noche, un carabinero intenta detener un camión del que se han apoderado los anarquistas y se coloca para ello en el centro de la carretera, por donde lo ve avanzar, creyendo que así obligará a detenerse al conductor. Éste aumenta la velocidad y el camión pasa por encima del infeliz carabinero, cuyo cadáver queda abandonado en la carretera. Otras veces, los milicianos que han «controlado» el camión, hacen fuego sobre todos los que intentan cerrarles el paso. Se dispone entonces que para asegurar la llegada de los camiones a su destino, viaje en cada uno un carabinero encaramado sobre la carga, con el fusil al brazo. Pero los «incautadores» saltan al camión en plena marcha, tiran de cabeza al carabinero y cambian el itinerario de los víveres a su antojo.

El general Miaja decreta una dura represión contra estos crímenes, pero no tiene fuerza bastante para cortarlos de raíz.

La escasez de víveres hace que se formen a la puerta de las tiendas colas interminables de mujeres y chiquillos que permanecen día y noche a la intemperie, bajo la amenaza de los bombardeos. Los comerciantes elevan los precios de día en día y aun de hora en hora. La Junta de Defensa acuerda fijar los precios a que han de venderse las subsistencias y se esfuerza inútilmente por conseguir que rijan, a lo menos, durante siete días, y solo de semana en semana puedan irse elevando.

.

Se procede a requisar todos los depósitos clandestinos de víveres de que se va teniendo noticia. Se registran minuciosamente los lugares evacuados, por ser zona de guerra, y todos los edificios destruidos por las bombas, en los que pueden haber quedado abandonados algunos víveres. En el Matadero Municipal, que se halla bajo el fuego enemigo, y entre los escombros de la estación del Norte, destruida por la aviación franquista, se encuentran, efectivamente, ciertas cantidades de subsistencias e incluso algunas reses famélicas, cuyo sacrificio ayuda a los madrileños a ir soportando el hambre, cada vez más aguda.

El encargado de esta misión es el delegado de la Junta de Defensa, Pablo Yagüe, un obrero panadero, de treinta años, comunista, típico revolucionario de acción, que salta audazmente por encima de todas las dificultades que le salen al paso y que no vacila en ir a buscar los víveres bajo el fuego de las ametralladoras enemigas, si es preciso.

En la noche del veinticuatro de diciembre, Pablo Yagüe regresa de una de sus requisas, cuando una patrulla de milicianos anarquistas, apostados en un control de la carretera de Valencia, intenta detenerle. El delegado de la Junta de Defensa desdeña la conminación que le hace la patrulla e intenta seguir adelante. Los anarquistas, expeditivos, se echan los fusiles a la cara y le abaten, mal herido.

Se ha producido, al fin el choque previsto entre anarquistas y comunistas que puede precipitar el triunfo de Franco.

«¡MÁS SANGRE CORRE EN EL FRENTE!»

EL agredido es comunista; los agresores, anarcosindicalistas.

Horas después del suceso, el periódico *Mundo Obrero*, órgano del partido comunista, dice que su delegado ha sido agredido criminalmente y exige que los agresores, que se hallan detenidos, sean fusilados. El órgano de los anarcosindicalistas, *CNT*, dice, por su parte, que la culpa de lo ocurrido es del comunista Pablo Yagüe, que no quiso someterse a un control legítimo y que, por lo tanto, no acatará el fallo de la Junta de Defensa, estando dispuestos a rebelarse contra su autoridad.

El general Miaja mide exactamente la gravedad del conflicto. Aquel incidente puede ser el origen de la catástrofe definitiva. El ejército de Franco, a las puertas de Madrid, está acechando este instante crítico.

Encerrado entre las cuatro paredes de su despacho, Miaja, furioso, va y viene como un tigre enjaulado. Todos sus esfuerzos, todos los sacrificios del pueblo de Madrid van a ser inútiles por un incidente estúpido.

Los delegados de los diferentes partidos llegan precipitadamente. Miaja, que es impetuoso y se encoleriza fácilmente, pone a prueba sus nervios. Los delegados exaltados, frenéticos, quieren que la Junta de Defensa se reúna en el acto para zanjar de una vez la cuestión.

—No; la Junta no se reunirá esta noche; no es necesario. Mañana, cuando estéis más apaciguados trataremos este asunto con serenidad —les dice Miaja imperturbable.

—¡No se puede esperar! De un momento a otro puede surgir la lucha en las calles, entre comunistas y anarquistas.

—De eso me encargo yo; podéis ir tranquilamente a consultar con vuestras organizaciones y a meditar antes de que tomemos una resolución definitiva.

Conjura así el peligro de una ruptura inminente y luego, velando por el prestigio de la autoridad, procede a decretar la suspensión del periódico *CNT* por haber anunciado que no acatará el fallo de la Junta de Defensa.

Al día siguiente, a la hora de ponerse a la venta el periódico suspendido, el choque sangriento en las calles parece inevitable. En los talleres de *CNT* los anarcosindicalistas, en franca rebeldía, han estado trabajando y tienen confeccionada la edición. Miaja, que lo sabe, estaba dispuesto a no consentir que *CNT* se imponga por la fuerza. Si cede, si se rinde a la amenaza de la lucha en las calles, está perdido y con él sucumbe la Junta de Defensa, el Gobierno y la República.

Sin vacilar un momento, envía a la imprenta de *CNT* cuantas fuerzas adictas tiene disponibles, las cuales se aprestan a la batalla, tomando estratégicamente las bocacalles y los tejados de las casas inmediatas a la imprenta. Como los «cenetistas» parecen dispuestos a no rehuir la lucha, ordena, incluso, que varios tanques sean traídos del frente.

Estas medidas hacen reflexionar a los rebeldes, que antes de lanzarse a la lucha, envían una comisión de la FAI y la CNT a entrevistarse con el general Miaja, para ver si consiguen intimidarle.

—¡Estamos resueltos! —le dicen— a lanzarnos a la lucha armada en las calles si no se permite la salida del periódico.

—Es igual. He dicho que el periódico no se venderá.

—Nuestras Juventudes Libertarias lo venderán a todo trance. Vendrán del frente a venderlo, si es preciso, nuestros milicianos. ¡Tenemos armas!

—Yo también. He traído del frente los tanques.

—Atacaremos a los tanques con bombas de mano. Nuestros depósitos de bombas bastan para acabar con sus tanques. ¡Va a correr mucha sangre!

Miaja da por terminada la entrevista avanzando hacia los anarcosindicalistas con ademán resuelto, al tiempo que les dice apretando las mandíbulas:

—¿Qué más da? ¡Va a correr la sangre! ¿Y qué? ¡Más sangre corre en el frente cada día! ¿Qué queréis? ¿Qué la sangre ahogue a todos? ¡Adelante!

Los delegados de la CNT y de la FAI salen del despacho de Miaja convencidos de que las amenazas no bastan de que tendrán que afrontar la lucha armada, en la que no tienen muchas probabilidades de salir victoriosos.

Por primera vez, desde que ha estallado la guerra civil, la autoridad de la República ha conseguido imponerse a viva fuerza.

A la noche siguiente, se reúne la Junta de Defensa. El general Miaja sabe que si para evitar la lucha en las calles le ha bastado con la firme decisión de mantener el prestigio de la autoridad apoyándose en los tanques y las ametralladoras, para esta lucha que va a desarrollarse en el seno de la Junta de Defensa tendrá que recurrir a otra táctica mucho más compleja y difícil.

La Junta está compuesta por muchachos de las juventudes revolucionarias anárquicas y comunistas. Solo han cumplido los treinta años los dos delegados de los partidos republicanos. Los demás son jóvenes exaltados, de mentalidad estrecha delirante, gente formada en la rebeldía la clandestinidad. Casi todos ellos eran desconocidos en el momento en que estalló la rebelión militar deben su prestigio a haber luchado en la sierra desde el primer día, contra las columnas de tropas regulares los requetés acaudillados por el general Mola.

Frente a Miaja toma asiento el secretario de la Junta, Máximo de Dios, un mozo de veintidós años, con tipo de atleta, cara redonda pómulos salientes, que al comenzar la guerra se fue a la Sierra con ciento veinticinco camaradas de las juventudes socialistas, que al mando del capitán Condés lograron contener cerca de Buitrago el avance de las tropas del general Mola, en una lucha tan desigual que cuando, al fin, les enviaron refuerzos desde Madrid, no quedaban ya con vida más que unos treinta.

Poco a poco van reuniéndose en el reducidísimo despacho de Miaja todos los miembros de la Junta, que son: Santiago Carrillo, socialista, delegado de Orden Público; Francisco Caminero, sindicalista, delegado de Servicios del Frente; Luis Nieto, de la UGT, delegado de Abastecimientos; Amor Nuño, de la CNT, delegado de Transportes; Lorenzo Íñigo, de las Juventudes Libertarias, delegado de Industrias de Guerra; José Carreño, de la izquierda republicana, delegado de Prensa y Propaganda; y Enrique Jiménez, de Unión Republicana, delegado de Evacuación. Salvo estos últimos, uno funcionario y el otro catedrático, todos los demás son obreros manuales o agitadores proletarios.

El debate comienza con una proposición del representante de las Juventudes Socialistas, Santiago Carrillo, partidario de que la Junta de Defensa, abandonando toda preocupación jurídica y administrativa, se erija en Convención para castigar por sí misma a los agresores de su delegado Pablo Yagüe.

Miaja sale al paso de esta tendencia típicamente revolucionaria. La Junta de Defensa no se convertirá en Convención. No podemos aplicar la justicia por nuestra mano. Los agresores serán juzgados por el tribunal popular. Si éste les condena a muerte serán fusilados, pero si éste les absuelve, habrán de ser puestos en libertad. Ni acepta la sugestión comunista de que la Junta se erija en Convención ni tampoco tolerará la amenaza anarcosindicalista de desacatar el fallo del Tribunal Popular.

—Mientras yo esté sentado en esta silla —agrega— el fallo de los tribunales será respetado pese a quien pese.

En estos momentos irrumpe en el despacho el delegado de la CNT, Amor Nuño, que aún no había comparecido. Hace una entrada en la Junta espectacular y amenazadora. Trae en la mano una formidable pistola ametralladora, que esgrime mientras manotea violentamente. Miaja, sin pestañear, le pregunta con el tono más natural del mundo:

—¿Qué te pasa?

—¡Qué me han querido quitar la pistola al entrar! —grita furioso.

—¿Te la han quitado?

—¡No! ¡A mí no hay quien tenga valor para quitarme el arma!

—Pues si no te han quitado la pistola y aquí no hay nadie que tenga miedo a que tú la conserves, siéntate y escucha con tranquilidad que estamos discutiendo seriamente y sin que nadie quiera asustar a nadie.

El representante de las juventudes socialistas reanuda su discurso y Amor Nuño, mohíno y desarmado por el fracaso de su espectacular aparición, se resigna a entrar en el curso de las deliberaciones.

Los oradores se suceden; cada cual expone su punto de vista con toda claridad, aunque mirando siempre con cierto recelo a los delegados anarcosindicalistas, que amenazan con cortar violentamente el debate.

Miaja, silencioso, se entretiene repasándose las uñas con una pequeña lima. Las vehemencias de lenguaje que escucha no le impresionan gran cosa.

Poco a poco, el pleito va canalizándose. Los sindicalistas se contentan ya con obtener una desautorización del responsable de la orden de suspensión dictada contra su periódico.

—¿Quién ha dado la orden de suspender la publicación de *CNT*? —pregunta desafiadoramente Amor Nuño.

La orden la ha dado, naturalmente, el delegado de Prensa y Propaganda, José Carreño, un pobre republicano burgués, que es poco menos que un fascista a los ojos de los extremistas de la FAI, las Juventudes Libertarias y la CNT. Como éstos no pueden afrontar el choque contra el bloque comunista y socialista, pretenden derivar su acometida contra los que consideran más débiles; contra los republicanos. Miaja, que descubre la maniobra, la corta con decisión.

—La orden de suspender el periódico la he dado yo. ¡Y la mantengo!

Los delegados siguen exponiendo sus puntos de vista en prolijos discursos, que van disolviendo en vana palabrería la ira contenida que amenazaba con precipitar a unos contra otros. Miaja, de bruces sobre su carpeta, los escucha pacientemente. Ha cogido un lapicero y en una cuartilla va anotando en dos columnas encabezadas por una efe y una ce, a los que hablan en favor o en contra de la resolución de la Junta de Defensa.

La discusión dura ya varias horas y los rebeldes, que se ven perdidos, pretenden que se suspenda la reunión para reanudarla al día siguiente. Miaja se opone.

—De aquí no sale nadie sin dejar este asunto definitivamente zanjado.

Ordena que se traigan unos bocadillos para los delegados y les obliga a continuar la discusión.

Los irreductibles esperan a que terminen los discursos, confiando en que cuando llegue el momento de votar, se producirá el choque personal inevitable y entonces saldrán a relucir las pistolas, no habrá acuerdo posible y se impondrá, al fin, la voluntad de los más audaces, es decir, de los anarquistas. Pero cuando ese momento llega y los anarcosindicalistas se levantan amenazadoramente diciendo:

—¡A votar, a votar, basta de palabrería! —Miaja se pone en pie rápidamente y con su cuartilla en la mano, dice con tono que no admite réplica:

—No es necesaria la votación. Sois nueve. Seis se han manifestado en favor de la resolución de la Junta de Defensa y tres en contra. El asunto pasa al Tribunal Popular por mayoría de votos y el fallo será acatado por todos. ¡Salud!

La reunión ha terminado. Son las tres de la madrugada. Uno de los anarquistas que no se resigna a darse por vencido, cuando ya sale, rezongando todavía, se vuelve de improviso hacia Miaja y le dice, creyendo haber encontrado el argumento definitivo:

—¡Yo tengo aquí un periódico comunista con un artículo que también es un desacato para la Junta de Defensa!

Miaja, harto ya, le fulmina:

—¡Si planteas ahora otro problema, me lío a puñetazos contigo!

ESTA lucha entre anarquistas y comunistas es constante, lo mismo en la retaguardia que en los frentes. Se lucha tanto o más por la preponderancia dentro de la República, que por el triunfo de ésta. La bandera republicana ha sido sustituida en todas partes por la bandera roja de los comunistas o la bandera rojinegra de los anarcosindicalistas. La rivalidad entre los batallones de uno y otro bando ocasiona choques violentísimos que ponen en peligro el frente común. Los dirigentes de las dos organizaciones fomentan insensatamente esta lucha, olvidándose de que a todos, lo mismo a los unos que a los otros los fusilarían las tropas de Franco si pudieran.

Cuando en el seno de la Junta de Defensa los delegados se acometen pretendiendo imponer la supremacía de un determinado régimen, Miaja les sale al paso con su aplastante lógica.

—Si Madrid se pierde, ¿qué régimen creen ustedes que imperará?

Esta consideración elemental, salida del reducido despacho de Miaja, va ganando, poco a poco, los organismos directivos de Madrid y llega a imponerse en la retaguardia en los frentes. Esta es la gran victoria de Miaja. Mientras en el resto de España sigue encarnizada fatal la lucha política, en Madrid se llega paulatinamente a una tregua, gracias no solo a los cañones del ejército rebelde, sino a la clara visión al realismo insobornable del general. Sin él, no hubiera sido posible.

Miaja, que no es más que militar, no piensa sino en ganar la guerra. Su única preocupación es la República. Su único sistema de gobierno, la disciplina, la autoridad, el sometimiento de todas las conveniencias de partido al interés general del pueblo. Los anarquistas lo acusan de haberse echado en brazos de los comunistas.

Es cierto. La única fuerza organizada capaz de luchar en España contra el fascismo era el comunismo y apoyándose en él ha podido Miaja defender Madrid. Pero el comunismo ha tenido, a su vez, que echarse en brazos de este viejo general autoritario, burgués y nacionalista. Ni Madrid, ni España serán nunca comunistas. ¿Puede alguien dudarlo todavía?

CAPÍTULO XIV

«PAZ EN LA TIERRA A LOS HOMBRES

DE BUENA VOLUNTAD»

¡NOCHEBUENA! En las trincheras de Madrid el pueblo en armas no ha podido sustraerse a la sugestión tradicional y estos milicianos rojos que hacen gala de su irreligiosidad y su ateísmo se dejan ganar por la nostalgia de las Navidades felices pasadas en el seno de los hogares y obedientes a ese hondo sentido de continuidad que es característico del español, celebran, a su modo, claro es, el nacimiento del Mesías. ¡Nochebuena! El miliciano rojo, la horda anticristiana de que hablan los rebeldes, se pone el fusil en bandolera abraza alegremente a su camarada de parapeto y se pone a beber mano a mano con él, empujado por ese anhelo de fraternidad universal con que los pueblos cristianos conmemoran el advenimiento del Redentor. La impiedad de las propagandas revolucionarias y la ferocidad de la lucha, no han podido arrancar de cuajo la ancestral devoción de estos hombres por los viejos mitos que son la entraña misma del pueblo y desde el fondo de las trincheras rojas se alzan las canciones, las risas y los gritos de júbilo de unos hombres que celebran el nacimiento de un Dios en el que no quieren creer. Es este uno de los contrasentidos más expresivos de la tragedia española. El villancico medieval traza su limpia parábola en el ámbito entrecruzado por el plomo mortífero de las modernas armas automáticas. Es posible que, inserta en su trayectoria, vaya una palabra blasfema; pero nunca esta blasfemia será tan horrenda como la que silba en los cañonazos sacrílegos de la Nochebuena.

Conociendo a sus hombres, el general Miaja vigila para que la Nochebuena, con sus nostalgias hogareñas y sus sentimentalismos, no afloje la tensión bélica. Su principal preocupación es la de que los milicianos no se entreguen confiadamente a la fiesta: «¡Qué no beban! ¡El enemigo acecha!».

El general Miaja conmemora también la Nochebuena con una arenga a sus tropas: «Cincuenta días de heroica resistencia —dice— no han hecho sino confirmar nuestra confianza en la victoria del mañana. En estos cincuenta días, vosotros, soldados del pueblo, habéis reanimado en el mundo proletario y antifascista la confianza en esa victoria contra el enemigo que quiere destrozar la paz y la tranquilidad de los pueblos libres. En la noche tradicional que hoy llega, en vuestras manos está nuestra victoria. Sin confianzas que resultarían peligrosísimas, permaneced más firmes y vigilantes que nunca. El enemigo acecha. El enemigo se prepara. Pero vosotros sois capaces de rechazarlo. Hoy más que nunca manteneos en vuestros puestos, pensando en la responsabilidad que contraeríais ante el pueblo por un momento de abandono o exceso».

Con el alba de la Pascua, cuando la grey cristiana se saluda fraternalmente con la frase sublime de «¡Paz en la Tierra a los hombres de buena voluntad!», el enemigo se lanza, efectivamente, a una de las más feroces batallas de esta guerra fratricida. Los franquistas, al rayar el día, atacan con todos los elementos de que disponen, en dirección al barrio de Argüelles. Los mandos, al mando del teniente coronel Ortega, antiguo oficial de Carabineros, y los internacionales al mando del general Kléber, les hacen frente, defendiendo el terreno palmo a palmo, hasta caer segados por la cortina de fuego que tienden las baterías y las ametralladoras de los franquistas.

Protegidos por aquel diluvio de fuego, hacen entonces su aparición en el paseo Ramón y Cajal los tanques enemigos, que desde la Escuela de Agricultura avanzan implacablemente hacia las posiciones republicanas de la Moncloa.

«VENGAN TANQUES»

ES humanamente imposible contener el avance de los tanques. No hay elementos. Faltan cañones antitanques. Las bombas de mano que lanzan los milicianos son ineficaces contra esta compacta formación de monstruos que vomitando plomo en todas direcciones y con un estrépito infernal adelantan lenta e implacablemente hacia las posiciones que tienen los republicanos cortando el paseo de Ramón y Cajal. Se recurre a la artillería de montaña, que es lo único de que se dispone y varias piezas son adelantadas hasta la primera línea, donde los artilleros tienen que defenderlas contra los grupos de asaltantes, lanzando granadas de mano, al mismo tiempo que disparan las piezas rasando en dirección a los tanques.

Llega un instante en el que éstos se hallan tan próximos a las trincheras republicanas, que el ruido formidable de sus cadenas de oruga, allanando los obstáculos con un espantoso fracaso de hierros, pone espanto en el ánimo de los milicianos, que se los ven venir encima amenazando aplastarlos.

Un cañón dispara a bocajarro y el tanque más adelantado revienta a pocos metros del parapeto que estaba al punto de derruir. Por entré la humareda se ve saltar de sus abrigos a los milicianos, que con las granadas rompedoras en el puño, avanzan hacia los pesados monstruos. Otro tanque queda también inutilizado por la explosión de una granada.

El estruendo de los motores y los mecanismos de tracción de los tanques continúa ensordecedor, pero después de un momento de inútil forcejeo, se ve que las terribles máquinas retroceden poco a poco, acentuando el estrépito y la lluvia de fuego que sale de sus troneras.

Los milicianos, fuera ya de los parapetos, les acosan como moscas, adelantándose rápidamente para tirar la bomba y escondiéndose de un salto o aplastándose contra el suelo. Los tanques retroceden a sus bases, pero arrecia el cañoneo enemigo y poco después reanudan el asalto. Y así una vez y otra.

Esta batalla del día de Navidad va a ser una de las más largas y sangrientas de la guerra. Cuando llega la noche, aún siguen lanzando los rebeldes sus oleadas contra las trincheras republicanas.

Hace diecisiete horas que comenzó la batalla y aún continúan los furiosos asaltos. Los avances siempre rechazados de los tanques franquistas alternan con el cañoneo intensísimo de las baterías.

El cielo oscuro se ilumina con el resplandor de los cañonazos, que dibujan en la noche un intermitente semicírculo de fuego.

El prolongado combate ha enardecido ferozmente a los milicianos que cuando cerca ya de la media noche, ven retirarse definitivamente a los tanques enemigos, gritan enloquecidos de rabia y de entusiasmo: «¡Vengan tanques! ¡Vengan tanques!».

Este ronco grito de desafío corre por toda la línea de trincheras. El batallón «Córdoba», formado por andaluces arrogantes, lo repite hasta la obsesión.

—¡Tanques! ¡Tanques!

Es el mismo grito ronco y feroz con que en las plazas de toros la muchedumbre enardecida por el combate y borracha ya de sangre, grita: «¡Caballos! ¡Caballos!».

Media hora después de haberse replegado los tanques enemigos, aún se lanza desde las trincheras rojas la insensata y desesperada provocación.

El cañoneo y el fuego de fusilería han ido apagándose. Ha terminado la batalla del día de Pascua.

Los tanques enemigos no volverán a intentar el avance contra Madrid.

EN UNA MISMA TRINCHERA

LA lucha en el Parque del Oeste continúa durante todos los días de Pascua. Los milicianos contraatacan y consiguen mejorar sus posiciones después de rudos combates. Su principal objetivo es la cascada artificial coronada por un templete barroco, desde la que se domina todo el Parque.

La conquista de esta posición cuesta una lucha encarnizada de varios días. Hay unos metros cuadrados de terreno cubierto de césped, que pasan de unas manos a otras, varias veces a lo largo de cada jornada. Es un montículo que hay que subir para llegar a lo alto de la cascada artificial. Allí caen los hombres a docenas. Sus cadáveres resbalan por el césped en declive y van a caer al borde de la carretera.

Aquellas rocas artificiales del parque del Oeste, que fingían ese decorado rústico y abrupto tan del gusto del siglo diecinueve; aquel lugar de égloga cursi, predilecto de las familias burguesas de Madrid, que iban allí a merendar y a retratarse «en plena Naturaleza», se convirtió en el incongruente y disparatado escenario de una de las batallas más sangrientas de la guerra civil.

Al otro lado del Parque del Oeste, en la «Casa del Guarda», que domina la carretera de la Ciudad Universitaria y el Stadium, hubo también por aquellos días terribles encuentros. Un metro de terreno costaba docenas de vidas.

Los rebeldes habían trazado aquí un buen sistema de trincheras, de las que era imposible desalojarlos. En un asalto furioso y a costa de muchas bajas, los rojos consiguen llegar hasta la trinchera principal de esta posición y meterse en ella después de luchar cuerpo a cuerpo con sus defensores. Pero éstos se repliegan hasta el sector no invadido de la trinchera y se hacen fuertes allí mismo.

Fuera, un mortífero fuego imposibilita todo movimiento de avance o retroceso, lo mismo a los unos que a los otros. Los dos bandos se encuentran metidos en la misma trinchera, luchan allí dentro, y como ninguno de ellos puede aniquilar al otro, terminan por quedar separados solo por el montón de los cadáveres que obstruyen el pase de uno a otro lado.

Sobre aquellos cadáveres se echan unos sacos de tierra y allí, a un par de metros del enemigo, se establece definitivamente la línea. En días sucesivos el corte provisional de la trinchera se fortifica adecuadamente.

Y durante muchos meses, rojos y blancos permanecen juntos en esta trinchera, a seis metros unos de otros.

FIVE O'CLOCK TEA

EN los demás sectores de Madrid la lucha se desarrolla con el mismo encono. Uno de los lugares donde los combates son más encarnizados y constantes, es el barrio de Usera, al Suroeste de la capital.

En este sector, el enemigo, que tiene la presa al alcance de la mano, lanza asalto tras asalto infructuosamente. También se combate casi sin interrupción en las proximidades del Puente de Segovia, junto a la Puerta del Ángel y en las carreteras de Carabanchel y Toledo, a poca distancia del puente de esta última sobre el Manzanares.

En todos estos sectores de Madrid, la guerra misma ha ido enseñando a hacerla a los inexpertos milicianos. Se puede decir que cada día los militares sublevados les dan una lección de estrategia, que al día siguiente repiten ellos con gran aprovechamiento.

Los rebeldes tienen la superioridad indiscutible de su profesionalismo. Pero los leales van, a costa de sangre y de fracasos, convirtiéndose también en profesionales de la guerra. Y así se llega a la estabilización de los frentes. Cada día la muralla defensiva de Madrid es más alta y más sólida.

La guerra es un arte que, guerreando, se aprende pronto. Equilibradas las fuerzas, no queda otro recurso que el de la guerra subterránea, el lento y penoso trabajo de las minas y contraminas, que absorbe, al fin, la actividad de los luchadores de ambos bandos, inmovilizados en sus posiciones.

Para la población de Madrid esta aminoración de los combates en el frente no representa una mayor tranquilidad. Al contrario. Las baterías de los rebeldes intensifican el bombardeo diario de Madrid. Todos los días, los cañones de largo alcance de los franquistas dejan caer sus obuses con una cadencia constante sobre el centro de la villa, especialmente sobre la Gran Vía. El bombardeo de Madrid se efectúa regularmente a las cinco de la tarde y los madrileños dicen resignadamente: «¡Ya nos están dando el té!».

Después de los infructuosos combates de Navidad, comienzan, además, los bombardeos nocturnos de artillería, que no había habido antes. Hasta fin de año, los madrileños sabían que durante la noche no tenían que temer más que los bombardeos de la aviación y que, a lo menos, las noches de niebla y nubes bajas, podían dormir tranquilamente. En adelante, no tendrán un solo minuto de sosiego ni de día ni de noche. En cualquier instante, con niebla como sin ella, la muerte puede ir a buscarles a sus lechos, en los que se revuelven inquietos, tapándose la cabeza con las almohadas, para no sentir el zumbido siniestro de los obuses enemigos que cruzan por encima de sus tejados.

«¡FELIZ AÑO NUEVO!»

EL aspecto de Madrid en estos últimos días del año, es desolador. El barrio de Argüelles, evacuado totalmente, está casi en ruinas por los bombardeos aéreos y por el cañoneo de las baterías de la Ciudad Universitaria. Los esqueletos de las casas muestran los interiores devastados de las viviendas a través de las fachadas reventadas. Las calles están cegadas por el cascote de los derrumbamientos. Hay manzanas enteras de casas de las que solo quedan los muros exteriores. Entre los cascotes se pudren los cuerpos de los infelices moradores que perecieron en los bombardeos y no han podido ser recogidos; el viento, el sol y la lluvia, van consumiendo sus cadáveres, al mismo tiempo que esparcen y destruyen los restos de los ajuares, las pobres y frágiles casas hogareñas puestas a la intemperie al derrumbarse los techos que las cobijaban.

En las calles obstruidas, entre los cascotes, se pudren al sol los perros muertos; salta de improviso disparatadamente el espectro erizado de un gato famélico y en el marco de una ventana, arrancado de cuajo, se bambolea al aire una jaula en cuyo fondo rueda, medio desplumado, un pajarillo que se murió de sed. El tiempo va mondando la osamenta de una mula tirada junto al caparazón herrumbroso de un automóvil reventado por una explosión.

Toda la parte Oeste de Madrid es un vasto cementerio, un inmenso pudridero de seres y casas que el cierzo de la sierra va aventando.

El resto de la ciudad aparece también desierto y en tinieblas, mientras hormiguea en los refugios subterráneos una humanidad estremecida.

En la noche de fin de año, Madrid, silencioso y hundido en las sombras, ofrece el impresionante espectáculo de un paisaje lunar. En esta noche de San Silvestre, que antes celebraban los madrileños con jubiloso estruendo, congregándose en la Puerta del Sol para oír las doce campanadas del reloj de Gobernación y comer las doce uvas de ritual, no hay hogaño ni un alma en las calles.

El vasto ámbito de la Puerta del Sol aparece desierto. La torrecilla que sostenía las cuatro esferas iluminadas del reloj de Gobernación ha sido alcanzada por una bomba y no le queda ya más que una esfera sana.

Hay, sin embargo, quienes conservan todavía el gusto de los ritos populares. Una tras otra, seis sombras han cruzado por la oscura y desierta plaza, para juntarse frente a la única esfera visible del reloj y esperar allí a que suenen las doce campanadas que marcan la entrada del año. Son seis periodistas madrileños que no quieren que el rito popular del Año Viejo se interrumpa por la guerra.

Pero del lado de allá de las trincheras hay también quien quiere que Madrid celebre la entrada del año nuevo con todos los honores y al sonar la primera campanada de la media noche, da alegremente la orden de «¡Fuego!» y un obús cruza por encima de los tejados de Madrid, buscando el corazón de la villa.

La media docena de periodistas que se habían juntado para comer las doce uvas en la Puerta del Sol, tiene que buscar refugio pegándose a uno de los muros desenfilados del caserón de Gobernación, y allí, acurrucados, oyen una tras otra las explosiones de los doce obuses que, alegremente, como por broma, han llevado la muerte y la destrucción a otros tantos hogares madrileños.

Cuando el artillero humorista lanza el último de sus cañonazos, aquellos seis periodistas que querían celebrar el año nuevo, se yerguen y gritan con toda la fuerza de sus pulmones:

—¡Viva la República!

CAPÍTULO XV

LOS CAUDILLOS BÁRBAROS

HAN vuelto a quitarle a Miaja ocho batallones para que el general Pozas desarrolle una nueva ofensiva al Este de Madrid. Largo Caballero sigue aferrado a la idea de liberar Madrid desde fuera. Las tropas republicanas avanzan quince kilómetros e incluso ocupan el pueblo de Almadrones; pero el enemigo no acude al señuelo y sabiendo que la resistencia de Madrid se ha debilitado al restarle fuerzas, se lanza por su parte a una nueva ofensiva contra la capital. Esta vez intenta una operación más hábil, escarmentado ya por los fracasos que ha sufrido en la Ciudad Universitaria, donde las brigadas internacionales de Kléber, Luckas y Hans le cierran el paso obstinadamente. Su plan consiste en avanzar más hacia el Norte para cortar las comunicaciones de Madrid con la Sierra.

El día tres de enero, a las seis de la mañana, tres columnas, con un total de seis mil hombres, se lanzan al ataque. Dos de las columnas, partiendo de Boadilla del Monte se infiltran por el espacioso bosque que hay en las inmediaciones de este pueblo; la tercera columna sale de Villaviciosa de Odón. En un avance rapidísimo estas fuerzas se lanzan al ataque contra Humera, Pozuelo de Alarcón y Aravaca. En este último pueblo, la lucha es durísima. Los rojos abandonan sus posiciones y se repliegan en desorden. El primer día de ofensiva caen Humera, Pozuelo y Aravaca y queda cortada por el fuego de la artillería rebelde la carretera de La Coruña. A partir de aquel instante, la comunicación de Madrid con el ejército de la Sierra tiene que hacerse dando un largo rodeo.

En Madrid no hay fuerza alguna de reserva y faltan, además, los ocho batallones que han sido quitados del frente para llevarlos a Guadalajara. El general Miaja pide urgentemente que se le devuelvan estas fuerzas que habían salido de Madrid contra su voluntad. Pero ya es tarde. Al segundo día de ofensiva rebelde, las tropas republicanas están en franca derrota.

Perdida la moral, castigados durísimamente por el fuego de las baterías rebeldes que van demoliendo concienzudamente todas sus posiciones, los milicianos rojos se repliegan desordenadamente hacia Madrid. Los oficiales, pistola en mano, intentan vanamente contenerles. Grandes núcleos abandonan el frente y llegan corriendo hasta la Cuesta de las Perdices. Muchos tiran los fusiles y las cartucheras para correr mejor. Enloquecidos por el pánico, creen que la caballería mora viene pisándoles los talones y a todo correr llegan a la orilla del Manzanares y se lanzan a vadearlo para ir a esconderse en Madrid. Su terror es tal que algunos perecen ahogados al atravesar el río.

Solo un pequeño núcleo de valientes mantiene el contacto con el enemigo y retrasa su avance, replegándose poco a poco y ordenadamente. Pero a este grupo reducido de combatientes le es imposible contener el avance arrollador del adversario definitivamente. Los tanques de los franquistas, partiendo de Aravaca llegan a la carretea de La Coruña, que queda, al fin, cortada.

El general Miaja moviliza las fuerzas que puede extraer de los demás sectores del frente para poner una barrera al avance triunfal del enemigo y mientras trata de organizar una nueva línea de defensa, en lo que se tardarán varias horas, ordena a los jefes de los batallones en derrota que, al precio que sea, contengan la desbandada de sus tropas. Dos de los barbados caudillos del pueblo, Cipriano Mera, y «El Campesino», anarquista el uno, comunista el otro, llegan a la Cuesta de las Perdices dispuestos a todo. Los milicianos fugitivos siguen llegando en bandadas, sin armas, ciegos de terror, sordos a las órdenes y a las amenazas de sus oficiales.

Mera y «El Campesino» ordenan la colocación de ametralladoras en los terraplenes que hay a ambos lados de la carretera y las disparan contra los grupos de fugitivos que se aproximan. Cogidos entre los fuegos cruzados de las ametralladoras, no hay escapatoria posible para los desertores. Huyendo de las balas enemigas se encuentran con aquella cortina de fuego que les cierra el paso. Lo único que pueden hacer es aplastarse contra las cunetas de la carretera. La aviación enemiga, que vuela por encima de sus cabezas, bombardeando y ametrallando las concentraciones que descubre, acaba de quitarles toda esperanza de salvación. La muerte los tiene cercados y por todas partes les amenaza. Paralizados por el terror, van quedándose acurrucados al borde de la carretera, como bestias acosadas. Los dos caudillos rojos, Mera y «El Campesino», seguidos de su escolta, que con los fusiles echados a la cara disparan en el acto contra todo el que aún intenta huir, van juntando a los desertores en una de las explanadas que hay al lado de la carretera.

Perdida toda esperanza, aquellos pobres hombres se dejan manejar con la docilidad de un rebaño asustado. En poco tiempo, Mera y «El Campesino» reúnen así unos quinientos fugitivos. Entre ellos se hallan dos capitanes que se habían metido en un colector para resguardarse del bombardeo de los aviones enemigos.

«El Campesino» manda formar a los desertores en dos filas y con la pistola en el puño les pasa revista. Cuando el bárbaro caudillo del pueblo les mira a la cara, aquellos infelices bajan la vista avergonzados. «El Campesino» les habla al fin con su voz ronca:

—¡Vais a ser fusilados por cobardes! —les dice.

Su ademán y el tono de su voz no dejan lugar a dudas.

—¡Primero los oficiales! —ordena.

Los hombres de su escolta hacen salir del grupo a los dos desdichados capitanes y los colocan delante de las ametralladoras. Se oye el tableteo de las máquinas y los dos cuerpos caen a tierra acribillados de balazos. Por las filas de desertores corre un estremecimiento de terror. Un hombre joven y fuerte se adelanta con ademán desesperado, gritando:

—¡Yo no soy un cobarde ni un traidor!

Otro le secunda.

—¡No podíamos resistir más!

Los demás le hacen coro.

—¡Llevo seis meses luchando en primera línea como voluntario!

—¡Era imposible mantenerse en las posiciones que teníamos!

—¡Me he estado batiendo en la Sierra desde el primer día!

—¡Mis dos hermanos han sido fusilados por los fascistas!

—¡Los tanques nos arrollaron!

—¡Los jefes dieron la voz de sálvese el que pueda!

El coro de disculpas, lamentaciones, frases de desesperación, protestas de adhesión a la causa e invocaciones patéticas, va alzándose en torno al barbado caudillo, que contempla desdeñoso aquella humanidad blanda, claudicante, desesperada, que no se resigna a ser sacrificada.

—¡Basta! —grita «El Campesino» cortando en seco las súplicas y las protestas—. ¡Si no queréis morir como cobardes y traidores a la causa del pueblo, vamos a ver si sois capaces de morir como hombres! Vais a coger otra vez los fusiles que habéis tirado y vais a volver a dar la cara al enemigo. El precio de vuestra vida es la reconquista de las posiciones que habéis abandonado cobardemente. Voy a poner estas ametralladoras en la retaguardia y el que se atreva a dar un paso hacia atrás, sepa desde ahora que le va en ello la vida.

Allí mismo se reorganizan los pelotones, que son encuadrados por nuevos oficiales y los infelices milicianos vuelven al ataque. Junto al terraplén quedan los cadáveres de los dos oficiales que no supieron cumplir con su deber.

La reconquista de las posiciones perdidas es ya imposible y aquellos centenares de desgraciados se hacen matar lanzándose a la desesperada contra las vanguardias fascistas.

Pero el avance victorioso del enemigo ha sido contenido y el desastre total que amenazaba a Madrid se ha evitado.

«¡TRAICIÓN!»

ESTA misma noche del tres de enero, cuando Miaja está rodeado de los jefes de su Estado Mayor estudiando el plano de operaciones, se abre violentamente la puerta de su despacho y aparece con brusco ademán un hombre vestido con una cazadora de cuero, pistola ametralladora al cinto, las altas botas cubiertas de lodo hasta las rodillas, la visera de la gorra echada sobre los ojos, que miran torvamente. Es Cipriano Mera, el caudillo anarquista, jefe de las tropas de la FAI, que han sufrido el ataque enemigo en la carretera de La Coruña.

Miaja, al ver entrar a Mera en aquella actitud provocativa, corta la conversación con los jefes militares y encarándose con el cabecilla anarquista, le dice secamente:

—Para entrar se pide permiso, ¿sabes?

—¡Ya estoy harto de pedir permisos!

—Pues aquí, te vuelvo a decir, no se entra así. ¡O se sale por la ventana!

Los dos hombres se miran a la cara, midiéndose de arriba abajo. Hay un penoso silencio. Miaja contempla fríamente al caudillo anarquista que, sin replicar, mantiene su actitud hosca y amenazadora.

—¿Qué te pasa? ¡Di! ¿Qué ocurre?

—Lo que ocurre —dice Mera rechinando los dientes— es que estamos siendo víctimas de un engaño. ¡Nos traicionan!

—¿Quiénes?

—¡Los militares! —agrega Cipriano Mera mirando de reojo a los jefes de Estado Mayor que rodean a Miaja.

—¡Mentira! —exclama el general.

—¡Vamos a la lucha, vendidos! —insiste el anarquista. Y con frases entrecortadas, que le salen a borbotones empujadas por la ira, expone una vez más la eterna sospecha anarquista de que los jefes y oficiales del ejército profesional llevan a los milicianos al matadero, porque están en inteligencia con el enemigo. La catástrofe de hoy no se explica sino por una traición.

—¡No hay tal traición! —afirma rotundamente Miaja—. La guerra tiene sus reveses. Creer invariablemente que éstos se deban a la traición de los jefes es una cobardía y una estupidez.

—¡Yo vengo a pedir que se castigue a los responsables del desastre de hoy! ¡Nos llevan engañados!

—No hay tal engaño, te digo. Somos inferiores en organización y en armamento. Con el valor personal no basta. Esto es todo.

Miaja explica circunstanciadamente al guerrillero anarquista por qué ha vencido hoy el enemigo; le demuestra sobre los planos la eficacia fatal de su maniobra y la inferioridad maniobrera de los milicianos. Aquel hombre que había entrado en el despacho de Miaja como portavoz de un movimiento sedicioso vacila, da vuelta entre las manos a su gorra y farfulla unas objeciones.

—Tu deber es no dejarte arrastrar por ese movimiento instintivo de desconfianza en el mando cuando se producen reveses como el de hoy. Los hombres como tú son los que deben dar ejemplo de disciplina y subordinación a las masas. Luchamos en malas condiciones. Los que desde aquí dirigimos la guerra tenemos tanto interés en ganarla como los que se baten en las trincheras. Ve y convence de esto a tus hombres. Tu deber es imponerles a ellos la disciplina y obedecer ciegamente las órdenes que se te den. Solo así podremos ganar la guerra.

El guerrillero anarquista se rinde al fin a la evidencia y a la ciega confianza que solo un militar español, el general Miaja, sabe inspirar a los hombres del pueblo.

Estos casos de insubordinación son harto frecuentes en unos hombres que tienen como doctrina la rebeldía. Basta un revés en el frente, una dificultad en los aprovisionamientos, una inferioridad en el material con respecto al del enemigo, para que los milicianos de la FAI se consideren traicionados por los jefes y amenacen con la sedición.

Un día, se presentó en el despacho del Jefe del Estado Mayor, teniente coronel Rojo, un cabo que, sin pedir permiso a nadie, se había venido del frente con los soldados de su escuadra, armados de sus fusiles, para apoderarse «por las buenas o por las malas», de las armas automáticas que, según le habían dicho, había en el Ministerio.

—Sabemos —dice el cabo— que aquí hay muchos fusiles ametralladores y que los tenéis escondidos para vosotros. ¡Vengan esas armas automáticas, que hacen falta para los que luchamos en primera línea y no para que se las reserven los emboscados!

A estos insensatos hay que disuadirlos con buenas razones y, si el caso llega, hacerles frente pistola en mano, desarmarles y castigarles. Adscrito al Estado Mayor se halla un caracterizado anarquista, Martín Barrios, que es quien se encarga de convencer de lo absurdo de sus propósitos a las comisiones de milicianos de la FAI que vienen del frente en son de rebeldía. Cuando las razones no bastan, hay que echar mano al contundente argumento de las pistolas. Tanto arrojo y serenidad como en el frente hacen falta en los sótanos del Ministerio de Hacienda y lo mismo se juegan la vida los que están en las trincheras que los que en la retaguardia asisten al mando.

Así va poco a poco restableciéndose la disciplina en un ejército que se lanzó a la guerra teniendo la indisciplina por lema. Este verdadero milagro llevado a cabo gracias al general Miaja y a sus colaboradores es el hecho más sorprendente de la guerra civil española.

MOMENTOS DE ANGUSTIA

ANTE la amenaza que representa para Madrid el avance de los rebeldes por la carretera de La Coruña se da por terminada la ofensiva del general Pozas y se ordena que regresen a Madrid las brigadas internacionales y los batallones que se habían enviado a Guadalajara. La comunicación con la Sierra hay que hacerla ahora dando un rodeo por Colmenar Viejo, para volver a tomar la carretera de La Coruña en las proximidades de Torrelodones, pero el enemigo avanza rapidísimamente para llegar cuanto antes a este lugar estratégico y dejar definitivamente aislado el ejército que defiende la parte occidental de la Sierra.

Las tropas rebeldes atacan Majadahonda y las brigadas internacionales, después de perder muchos hombres, tienen que replegarse. En Las Rozas, que es el pueblo inmediato, hay dos batallones que tienen solo cinco cartuchos para cada miliciano y horas más tarde sucumbe también. El avance del enemigo es fulminante. El pueblo próximo es ya Torrelodones. Si los fascistas lo ocupan se acabaron las comunicaciones de Madrid con el sector occidental de la Sierra.

En el despacho de Miaja la angustia es terrible. Porque la triste realidad es que a partir de Las Rozas, donde están ya los rebeldes, no hay ni un soldado ni un parapeto y en Torrelodones toda la guarnición la componen veinticinco ordenanzas. Se prepara a toda prisa una columna de socorro; pero si el enemigo ha seguido avanzando será inútil, porque llegará mucho antes que las fuerzas enviadas desde Madrid o la Sierra. El general Miaja, al teléfono, pregunta de minuto en minuto a Torrelodones. Cada vez que le dicen que el enemigo no se ha presentado todavía, se permite un ancho respiro. Así va cayendo lentamente la tarde. Cuando llega la noche sin que las vanguardias rebeldes se hayan presentado en Torrelodones, el general Miaja tiene al fin una sonrisa de triunfo. Si el adversario se ha detenido en Las Rozas para seguir mañana el avance, mañana ya será tarde para él.

Así es. Mientras las tropas rebeldes descansan, baja de la Sierra una brigada que establece una sólida línea defensiva a la salida del pueblo y cuando el enemigo quiere reanudar su marcha triunfal le es ya imposible dar un solo paso. Horas antes, los camiones cargados de soldados hubiesen llegado a las estribaciones de la Sierra sin que les hostilizasen con un disparo.

Días después, un evadido del campo rebelde cuenta que el comandante de las fuerzas que debieron realizar sin una baja la operación definitiva para el aislamiento de Madrid, se ha hecho justicia, suicidándose. Miaja no lo cree. Le parece inverosímil.

CAPÍTULO XVI

LA GUERRA CIVIL,

ESTADO NORMAL DE UN PUEBLO

OTRA vez, al cuarto día de la ofensiva enemiga, se le acaban las municiones al ejército que defiende Madrid. Sigue el enemigo intentando cortar las comunicaciones con la sierra, para lo cual avanza ahora hacia el monte de El Pardo, con le esperanza de llegar hasta la carretera de Francia. Los milicianos, pegándose al terreno, resisten desesperadamente. Pero las municiones se agotan.

Miaja está reunido con la Junta de Defensa escuchando pacientemente un largo discurso del delegado de CNT, cuando por entre las cortinas de su dormitorio, que se halla en comunicación con el despacho del jefe del Estado Mayor aparece el teniente coronel Rojo, quien con sobrio ademán interrumpe al orador y dice:

—Señores; no queda ni un solo cartucho para seguir combatiendo. ¡Esto se he terminado!

Todos se ponen en pie precipitadamente y vuelven los ojos hacia el general Miaja, que agrega:

—Ya lo habéis oído. Se acabó la política. Que cada cual vaya a su organización y se traiga los cartuchos que encuentre. Hay que sacarlos de donde los haya. Queda suspendida la reunión de la Junta.

Miaja sabe que a pesar de todas las órdenes y requisas, lo mismo los anarquistas, que los comunistas tienen aún escondidas algunas cajas de municiones. Los miembros de la Junta van a sus respectivos partidos y sindicatos y convencen a los directivos que si no entregan los cartuchos que tengan aún, Madrid está perdido. En dos o tres horas se reúnen en el patio del Ministerio hasta cien mil cartuchos. Ha habido incluso que vaciar las cartucheras de los centinelas. Como no hay un minuto que perder, los miembros de la Junta, ellos mismos, en sus automóviles van a llevar las cajas de municiones al frente. El primer auto que sale cargado de cartuchos es el del propio general Miaja. Lo importante es que antes de que amanezca y el enemigo reanude el ataque, tengan los milicianos alguna munición. La situación de los que se hallan en primera línea es tan desesperada, que el solo hecho de encontrarse con una dotación de cartuchos en el cinto hace que el miliciano vuelva a ser optimista y se sienta capaz de conseguir la victoria. Con el nuevo día se reanuda la lucha y naturalmente, los rojos llevan la peor parte, pero ya no ceden el terreno más que paso a paso, disparando certeramente contra los asaltantes y pasando ordenadamente de trinchera en trinchera con una moral admirable.

Desde el sótano del Ministerio de Hacienda, el teletipo transmite a Valencia las apremiantes llamadas del general Miaja al Gobierno. Su último mensaje dice textualmente:

«No queda ni un cartucho y el enemigo ataca durísimamente».

La contestación no se hace esperar. Cuando se la transmiten, Miaja salta como si le hubieran dado un latigazo. Largo Caballero replica a los angustiados requerimientos del defensor de Madrid con una frase despectiva, usual en el argot del juego:

«Usted lo que quiere es cubrirse con la pinta» dice el despacho del Presidente del Consejo, acusando así al general Miaja de querer disculparse del fracaso de las tropas republicanas con la falta de municiones.

Ciego de furor, Miaja destroza el telegrama, ruge, blasfema y en un arranque de desesperación, grita:

—¡Yo no aguanto más! ¡Me voy ahora mismo! ¡Qué el Gobierno mande aquí a quien quiera! ¡A ver si encuentra alguien capaz de soportar esto!

Y uniendo la acción a la palabra, intenta abandonar el despacho en el acto, pero el teniente coronel Rojo, su ayudante y su secretario le salen al paso pretendiendo calmar su justa ira. El general Miaja les aparta rudamente, diciendo:

—Yo sé cuál es mi deber. El Gobierno quiere a todo trance que yo me vaya de este puesto. ¡Ahora mismo, puesto que así lo quieren!

Los dos jefes militares, contenidos por el ademán seco del general, no se atreven a retenerlo, pero su secretario, el fiel Pérez Martínez, se planta ante la puerta y le dice resueltamente:

—Usted me mata si quiere pero yo no lo dejo salir de aquí, mi general. No se trata del Gobierno, sino de los hombres que están bajo su mando. Usted no puede abandonarlos, general.

La cólera de este hombre sencillo y noble que es Miaja, se calma como por ensalmo con estas emocionantes palabras del más humilde de los colaboradores. El teniente coronel Rojo, reafirma:

—Las consecuencias de su decisión no las sufriría el Gobierno, sino el pueblo de Madrid y su abnegado ejército, mi general.

Esta simple reflexión basta para que el general Miaja pasando sin transición de la ira a la calma, se vuelva a su mesa de trabajo y reanude su labor, sin agregar una sola palabra. Inclinado sobre sus papeles, se le oye solo rezongar entre dientes:

—¡Qué me cubro con la pinta! ¡Algún día hablaremos de esto!

MORAL INQUEBRANTABLE

A pesar de todo, el avance enemigo puede ser contenido al fin sin que haya logrado su propósito de cortar las comunicaciones de Madrid con la sierra. Hubiera sido una verdadera catástrofe. Los diez mil hombres que la república tenía en la sierra, al verse incomunicados hubieran tenido que rendirse y todas las fuerzas facciosas que desde el comienzo de la guerra estaban contenidas en Guadarrama, Navacerrada y Somosierra, se habrían descolgado sobre Madrid.

Durante varios días se sigue combatiendo durísimamente; pero ya no se pierde terreno. En cambio, el bombardeo aéreo de Madrid se intensifica. El día 8 vuelan sobre las barriadas obreras del norte de la capital dieciséis trimotores que hacen una gran carnicería. Al día siguiente, hay otro bombardeo, también intensísimo. Una de las bombas alcanza el edificio de la embajada británica.

Pero aunque la situación es crítica no lo es desesperada, como en los días pasados. Miaja, y con él todos los madrileños, juzgan la situación con un reconfortante criterio de relatividad que les hace ser optimistas.

—¡Peor estábamos el día 6 de noviembre! —replica el general, siempre que alguien le señala la gravedad del momento presente.

Los trances que Madrid ha pasado son tan duros que ya nada tiene importancia. Un día vienen a decirle a Miaja que hay un riesgo terrible para Madrid. El enemigo ha avanzado hacia uno de los más importantes transformadores de energía eléctrica, y si no se le impide apoderarse de él, la capital corre el riesgo de quedar privada de una gran parte del fluido que consume.

—¡Si esa central eléctrica se pierde, Madrid está perdido! —le dicen.

Miaja, que sigue atentamente la lucha en aquel sector y que ha puesto cuanto está en su mano para cerrar el paso al adversario, se niega en redondo a aceptar tal sugestión catastrófica y desconcierta a quienes le llevan la comunicación, diciéndoles con el aire más natural del mundo:

—¿Qué es eso de que Madrid está perdido si se pierde esa posición? ¿Quién ha dicho eso?

—Pero, mi general, si Madrid está privado de energía eléctrica, ¿cómo va a defenderse? ¿Cómo se va a vivir y a luchar a oscuras?

—¡Divinamente hombre! ¡Si no tenemos luz lucharemos a oscuras y a oscuras seguiremos viviendo! ¿Qué más da?

Esta disposición de ánimo que no es solo la del general Miaja, sino la de todos los madrileños, hace que Madrid sea invencible. El ejército enemigo empieza a comprenderlo así y cejando al fin en sus intentonas desesperadas, perdida ya toda esperanza de tomar Madrid, se dispone a consolidar sus posiciones y a emprender una guerra de usura a largo plazo que dura todavía. Madrid está salvado.

El día 12, el Presidente del Consejo de Ministros y Ministro de la Guerra, el propio Largo Caballero, envía su felicitación al general Miaja y a todos los jefes que han tomado parte en la defensa de Madrid. Anticipándose, el Ministro del Aire, don Indalecio Prieto, había dirigido pocos días antes al general Miaja, el siguiente despacho: «Al nacer el año 1937, el Mundo entero tenía puesta su mirada anhelante en Madrid. La defensa heroica de ese pueblo constituye el prólogo magnífico de nuestra victoria. Conmovido ante la abnegación y el martirio que tal defensa viene significando, saludo en usted a quienes han sabido transformar el dolor por tantas vidas inocentes en arrojo para vengarlas».

HERMANO CONTRA HERMANO

UNA vez estabilizados los frentes y terminadas las obras de defensa de Madrid, verdaderas fortificaciones modernas que los técnicos extranjeros han de considerar como perfectas en su género, se pasa a la guerra de posición que durante meses y meses mantiene el forcejeo estéril de los dos ejércitos, limitado ya a los golpes de mano aislados.

La primera acción de guerra en la que las tropas republicanas toman la iniciativa es un golpe de mano contra el cerro de Los Ángeles, donde los rebeldes tienen emplazadas unas baterías con las que cañonean constantemente el centro de Madrid. El día 17 de enero salen del despacho de Miaja aleccionados personalmente por el general, los hombres que han de ejecutar la primera maniobra verdaderamente estratégica del naciente ejército del pueblo que hasta ahora solo ha aprendido de la guerra a encajar los reveses.

Provistos de tenazas, los soldados de la brigada Líster avanzan sigilosamente durante la noche y van cortando las alambradas que defienden las posiciones enemigas del cerro de Los Ángeles, que los comunistas llaman Cerro Rojo. La maniobra se lleva a cabo tan a la perfección, que los asaltantes se abren paso sin alertar siquiera a los centinelas adversarios. Cuando caen sobre el destacamento enemigo, no le dejan tiempo ni para intentar la defensa. Estaba el adversario tan poco acostumbrado a que los rojos fuesen capaces de una iniciativa cualquiera, que el comandante Belda, jefe de la posición, es sorprendido mientras dormía y los soldados que le hacen prisionero tienen que darle tiempo para que se vista. Los ochenta y tres hombres del destacamento son hechos prisioneros y conducidos a los sótanos del Ministerio de Hacienda.

Al saber cómo se ha llevado a cabo la operación, comenta Miaja:

—Ahora es cuando la República comienza a tener un ejército de verdad.

Luego interroga a los prisioneros. Los ochenta y tres hombres se hallan alineados en los corredores del Ministerio. En el rostro de todos ellos se refleja el terror. Les han dicho tantas veces que la horda roja se entregaba a los más sádicos refinamientos de crueldad, que no se hacían ninguna ilusión respecto al fin que les esperaba. El general Miaja, con su aire grave y al mismo tiempo paternal, les pasa revista y luego les arenga, diciéndoles:

—«¡Muchachos, os han engañado vuestros jefes! Sé que os han dicho muchas veces que aquí somos unos criminales y comprendo que ahora temáis por vuestras vidas. ¡Pero yo os digo que aquí no se fusila a nadie!

»Estáis entre soldados que aman al pueblo y por él luchan. Estos soldados, que saben morir, saben también respetar a sus prisioneros y vosotros que luchabais porque os tenían engañados, sois nuestros hermanos».

Esta arenga que no se esperaban, hace renacer la alegría en los rostros de aquellos ochenta y tres hombres que se entregan a los más expresivos transportes de júbilo. El viejo general les dice entonces:

—Gritad conmigo: ¡viva la República!

A este viva solicitado que, lógicamente, no han de rehusar, agregan los prisioneros otro que sale del fondo de sus corazones agradecidos:

—¡Viva el general Miaja! —gritan todos con redoblado entusiasmo.

Inmediatamente comienzan los emocionantes diálogos de unos soldados con otros. Lo que más sorprende a los prisioneros es encontrarse con españoles como ellos.

—¡Nos habían dicho tantas veces que Madrid estaba defendido por un ejército ruso, que creíamos que efectivamente erais rusos!

—Yo soy ruso de Lavapiés. ¡Valientes paletos sois! —dice desdeñoso un chulillo castizo.

—¡Cómo os veíamos desde lejos con esos gorros tan raros, creíamos que erais verdaderos cosacos!

—*¡Amos, anda, so pasmao!* ¿Quieres que te hable en ruso? Atiende bien a ver si te quedas con la copla:

Anazagalopi, martiruli

es polin del papa y güeli

ca–ti–la–ma–ca–ti

del sopin paiso.

Azanagamapoli, martiruli

pa–te–con del peto–pi

pan de la pompilachi

corni, corchi–cachi

de la remochachi

de la matrin, de la matran.

Y el miliciano madrileño, chispero y castizo, repite al prisionero esta canción disparatada que los defensores de Madrid cantan por broma en las trincheras, haciendo creer a los de enfrente que se trata de auténticos soldados del ejército soviético.

Ríen todos fraternalmente. Entre el bullicio de las conversaciones, se oye suplicar a uno de los prisioneros:

—¡Dejadme! ¡Por lo que más queráis, dejadme ir ahora mismo!

—¿Qué le pasa a ese? —pregunta el general Miaja.

El prisionero, cuadrándose ante él, contesta con voz velada por la emoción:

—Tengo a mi madre en Madrid. Desde hace dos meses estoy de servicio en las baterías del cerro de Los Ángeles, disparando yo mismo los cañones que bombardean Madrid. Dejadme ir a convencerme de que la pobre vieja vive todavía. No puedo vivir pensando que uno de aquellos obuses que su hijo disparaba, la haya matado.

Y se pone a llorar como un chiquillo.

CAPÍTULO XVII

LA GUERRA ESTÚPIDA

EN este punto y hora termina la defensa de Madrid, propiamente dicha. Madrid pasa ahora a la ofensiva. El enemigo, perdida ya la ilusión de entrar triunfante en la capital de España, no aspira más que a conservar las posiciones conquistadas.

Desde los primeros días de febrero hasta la segunda quincena de marzo se desarrolla la formidable ofensiva del ejército republicano, dotado ya de una organización comparable a la de cualquier ejército regular. Contando con las brigadas internacionales como fuerza de choque y con material de guerra abundante y modernísimo suministrado por la URSS los rojos toman la iniciativa y se lanzan al asalto de las posiciones fascistas de la Ciudad Universitaria, que son la garra que Madrid tiene clavada al cuello.

La batalla, iniciada exactamente el día 4 de febrero, es incesante a lo largo de todo este mes y parte del siguiente. Hay muchas jornadas en las que se lucha durante ocho o diez horas seguidas. Las oleadas de asaltantes se estrellan contra la resistencia de las tropas rebeldes. Son volados con dinamita todos los edificios que han convertido en fortalezas los fascistas: la Escuela de Ingenieros Agrónomos, el Hospital Clínico, la Fundación del Amo, todos. Es inútil. Entre los escombros humeantes los supervivientes resisten.

Los dos ejércitos se quedan al fin jadeantes y agotados uno frente al otro. De nada ha servido la carnicería. Ni los rebeldes han entrado en Madrid ni la República ha derrotado a los rebeldes. Y allí siguen, impotentes e invictos. La guerra habrá de decidirse en otra parte.

Por encima de la pasión partidista hay que inclinarse ante la bravura de unos y otros. Que nadie, sin embargo, quiera sacar de la incuestionable tenacidad de aquellas tropas ninguna consecuencia favorable a un determinado designio respecto del porvenir de España. Ninguna de aquellas dos aglomeraciones heroicas podía tremolar el verdadero pabellón español. En aquella batalla de la Ciudad Universitaria se hallaron frente a frente los hombres que representaban genuinamente las fuerzas de destrucción de Europa, la horda que amenaza destruir nuestra civilización.

Esa mala levadura que hay en el comunismo y en el fascismo, así como en la barbarie anárquica o autárquica y en el internacionalismo revolucionario o el nacionalismo reaccionario, fue la que hizo morir y matar a aquellos millares de bárbaros que se acometieron como fieras rabiosas precisamente en el terreno que España había destinado a los más soberbios templos de la cultura que se habían erigido en Europa. No por demasiado fácil es desdeñable el simbolismo de que fuese allí precisamente, en la Ciudad Universitaria, donde el destino quiso que se afrontasen las dos modernas concreciones de la humana bestialidad.

Unos y otros claman que son ellos la civilización y la cultura y que sus adversarios son la única fuerza de destrucción, la verdadera potencia del mal. No se puede creer, sin embargo, que un salvaje cabileño de los confines del Desierto parapetado detrás de la ventana de un laboratorio de investigación del Hospital Clínico que para él tiene el mismo valor que un risco de sus montañas del Atlas, sea el depositario, ni siquiera el agente defensor de la civilización occidental con mejores títulos que un analfabeto extraído del fondo de una mina o una cantera de cualquier país balcánico para colocarlo con un fusil–ametralladora al brazo en la biblioteca de la Facultad de Filosofía y Letras.

La verdad es ésta. Los heroicos y gloriosos ejércitos que luchaban en la Ciudad Universitaria estaban formados con la escoria del mundo. Basta fijar los ojos en la lista de las fuerzas que los componían. Frente a la «Brigada Internacional» de los rojos, la «Novena Bandera» del Tercio Extranjero de los blancos, una y otra, receptáculo de todos los criminales aventureros y desesperados de Europa. En oposición a la funesta internacional comunista y a su barbarie del nacionalismo más salvaje, ni siquiera europeo, el nacionalismo musulmán al servicio de los militares sublevados. La guarnición de las posiciones que defendían los facciosos en la Ciudad Universitaria estaba formada concretamente por el 3.º y 5.º tabores de Regulares de Alhucemas —es decir los antiguos guerreros de Abd el–Krim—, el quinto tabor de Regulares de Ceuta y el quinto tabor de Regulares de Larache. Estos millares de salvajes guerreros africanos fueron con la famosa «Novena Bandera» del Tercio Extranjero la fuerza de choque que pusieron los rebeldes frente a los anarquistas y los comunistas de toda Europa que se habían dado cita en aquella trinchera de Madrid.

¿Qué no era esto solo? ¿Qué había también españoles a uno y otro lado? Es cierto; desgraciadamente cierto. Hombres de España, genuinos españoles, tipos representativos de nuestra vieja raza, los mejores quizás, los más fuertes, los más honrados, han caído ajas puertas de Madrid asesinados no por las balas de los fusiles extranjeros que disparaban unos bárbaros, sino por la infinita estupidez de quienes siendo españoles atrajeron a España a las potencias destructoras de Europa, a las fuerzas del mal, a las monstruosas concepciones de odio que ha ido formando esa nueva barbarie del Estado Totalitario, rojo o blanco, comunista o fascista.

El origen de la guerra no es español, no puede ser imputable a los españoles. No hay más culpa española que la de los dirigentes infames que brindaron la tierra de España a la barbarie y abrieron las   puertas de su país a la doble y antagónica invasión extranjera. Lo español es acaso el encarnizamiento, la innegable crueldad, el tesón, que el hombre de España pone siempre en defender la causa que abraza. Soldado de la fe, siempre, el español se ha hecho matar, ahora por el dogma de la revolución o el de la autarquía como antes se hacía matar por el dogma del catolicismo.

Ese hombre de España que ha sido asesinado por el comunismo o por el fascismo, es lo único respetable de esta guerra estúpida que el pueblo español, de por sí, no hubiese hecho si unas tropillas de españoles cretinos y traidores no le hubiesen arrastrado a ella criminalmente. ¡Qué no pretendan ahora encaramarse sobre ese millón de muertos españoles para consagrar definitivamente su estupidez criminal!

España no será comunista ni fascista. La mayor infamia que se puede hacer aún con el pueblo español es la de tremolar triunfalmente sobre el inmenso cementerio de España cualquiera de esas dos banderas que siendo ambas extranjeras han hecho derramar tanta sangre española.